U0919000

北纬52度

胥得意 张晓庆／著

山西出版传媒集团
北岳文艺出版社
BEIYUE LITERATURE & ART PUBLISHING HOUSE

图书在版编目（CIP）数据

北纬52度 / 胥得意，张晓庆著．—太原：北岳文艺出版社，2016.6

ISBN 978-7-5378-4331-7

Ⅰ．①北… Ⅱ．①胥… ②张… Ⅲ．①长篇小说—中国—当代 Ⅳ．①I247.5

中国版本图书馆CIP数据核字（2015）第175408号

书　　名：北纬52度
著　　者：胥得意　张晓庆
特约编辑：张秉正
责任编辑：王朝军
助理编辑：牛晓红
书籍设计：张永文
印装监制：巩　璠

出版发行：山西出版传媒集团·北岳文艺出版社
地　　址：山西省太原市并州南路57号
邮　　编：030012
电　　话：0351-5628696（发行部）
　　　　　0351-5628688（总编室）
网　　址：http://www.bywy.com
E - mail：bywycbs@163.com
经 销 商：新华书店
印刷装订：天津兴湘印务有限公司

开　　本：787mm×1092mm　1/16
字　　数：137千字
印　　张：12.75
版　　次：2016年6月第1版
印　　次：2020年10月天津第3次印刷
书　　号：ISBN 978-7-5378-4331-7
定　　价：29.80元

一代又一代的官兵来过位于北纬52度的奇乾，就像是奇乾融化掉的冰雪，已经无从在岁月里打捞他们更为艰苦的痕迹。我的目光，只在2014年的秋季里停留。我见到的2014年的他们，只是奇乾中队历史的一个切片。但我相信，读到了这一批人，便知晓了这里几代人的心路。

——题记

目 录

第一章　与梦想的距离　005

1. 布约小兵从一座山走入了另一座山　005

2. 银峰的心在几个月内经历着两重天　010

3. 卜晨光走出家门时悄悄在心中立了一个誓言　017

4. 何洋洋当特种兵的梦想终于实现　024

5. 郭喜成了郭家穿军装的人　031

第二章　与幸福的距离　037

1. 贺虎林总盼着春暖花开的日子　037

2. 李应广把一截手指潇洒地留给这片战斗过的森林　043

3. 郭喜在老兵的新房里歌唱着醉倒　048

4. 许浩在不安中一次次走向山下　052

5. 王俊峰午后的阳光和夜晚的时光　057

第三章　与生死的距离　061
1. 秦大军看到树直直倒在眼前顿时傻了　061
2. 狄济云竟然饿得不知东西南北　065
3. 祁振欣坐在冰冷的床上听那些闻所未闻的故事　069
4. 李宾不愿意面对更多生死时刻　073
5. 二狼在白桦林中安静地长眠　077

第四章　与爱情的距离　083
1. 王伟懂得爱情需要珍惜　083
2. 贺虎林在获取爱情上用了高明战术　089
3. 何洋洋让战友们悄悄地羡慕着　092
4. 卜晨光村里的小芳　096
5. 王俊峰已经盖好了迎娶新娘的四间房　099

第五章　与家庭的距离　103
1. 何学飞与女友失联的日子是一种煎熬　103
2. 郭喜在锅炉里忙里偷闲地想象着他的女人在哪里　108
3. 何洋洋是存在电话里的爸爸　113
4. 尚国义的孩子突然发现夜里妈妈的床边多了一个男人　117
5. 贺虎林最大梦想是想有个孩子　121

第六章　与过往的距离　127
1. 何学飞真正地体验过“南有西双版纳，北有莫尔道嘎”　127
2. 罗建军忍不住回忆查钱的日子　132

3. 李应广入伍前那叫走南闯北　135
4. 郭叶东渴望着重新呼吸温润的空气　139
5. 史继承们定将会被奇乾中队的官兵深深记得　142

第七章　与故乡的距离　147
1. 布约小兵算不出家乡的距离　147
2. 卜晨光喜欢坐在山坡上望呀望　152
3. 朱代康喜欢面朝林海回忆春暖花开　158
4. 张继成终于理解了父亲所有的心思　161
5. 王震的梦想是把他乡变故乡　165

第八章　与社会的距离　171
1. 李奎海下定决心离开并不是不爱这里　171
2. 佟发达的重大发现从此让山上山下不再遥远　175
3. 卜晨光坐在北京站的出站口看人来人往一直到夜深　179
4. 老王和小柴是奇乾连接外面世界的桥　183
5. 塞江游们觉得在奇乾可以一直这样快乐下去　187

引子

晚上九点整，上士郭喜的右手食指准时地按到了发电机的按键上。由于十来年几乎每天在这个时刻都要重复这个动作，已经让他的心情变得麻木，没有太多的思绪，只是在例行公事。郭喜的手指轻轻地一按，只是轻轻地一按，发电机便停止了它的轰鸣，整个营区都静了下来。除了郭喜手里的手电筒在发电房里还散发着一缕孤独的犹如鬼火一样的暗淡的光以外，这个营区像是不复存在，它隐没在了无穷无尽的原始森林的黑夜之中。

在军事口令充斥着的军营之中，每天最后一道口令都是“熄灯就寝”，而在这里，“熄灯”这两个字显得多余而奢侈，奇乾的值班员每天只需要看一下手表，然后吹哨喊一声“准备就寝”，实际上，几乎所有的人此时都已经钻进了被窝在等待着黑下来的一刻。熄灯不是他们的权利，他们也不会像内地的营区那样，在熄灯号的催促下各个房间次第地黑暗下去。这里所有的灯熄得无比的整齐，只是在郭喜的那一个动作之下。以至于初来乍到的兵会发现一个更加奇异的现象——这里的公共场所没有电源开关。

黑夜笼罩着并不高大的营房，营区被层层叠叠的森林包裹着，如同一只硕大的蚕茧中的小蛹，或者这片营房在大兴安岭原始森林里可以被忽略不计，它太小，小得已经没法形容，一栋三层的宿舍楼，东面车库，西面一个饭堂，除此就再也没有任何建筑了。中队冬季取暖时烧的锅炉是方圆几百里以内唯一的工业污染源。一百四十公里之外有着一个叫作莫尔道嘎的小镇，它承担着解释繁华这个概念的功能。这片营区最近的人烟就是五公里之外的奇乾乡。那是一个只有八家住户二十二口人和一个边防连队驻扎的村落，由于紧挨着中俄界河额尔古纳河的右岸边上，才在几经撤并之后又被恢复成乡。与其说这里是个乡，还不如说成是一个原始部落更为准确，这里没有乡政府，没有一家商铺，没有学校，没有常用电，这里的二十几口人在不通邮不通电的情况下在真正地靠山吃山，靠水吃水，居住在这里的俄罗斯族人以打鱼为生，住的是完全用木头做成的木刻楞房子。这里虽然与世隔绝，但这里不是陶渊明笔下的世外桃源。这里没有年轻的女人，也没有嬉戏的孩子，这里更不会有一眼望不到边的桃花，这里有的只是静谧与孤寂。而就是这样的一个乡，却是这片营区离得最近的人烟。

这片营区里住着的是武装警察部队森林部队众多基层部队当中的一个，它以这个乡命名，叫作奇乾中队。它的主要任务是保护方圆几百公里的原始森林。奇乾中队是大兴安岭森林支队最偏远的一个中队，从支队机关驻地海拉尔附近的牙克石开越野车到这里要用上大半天的时间。这个概念讲的是进入了夏季之后。每年进入 10 月份，半米深的大雪就把莫尔道嘎通往奇乾中队的进山路封得严严实实，这片警营就会迎来它漫长而寒冷的冬季。生活在这里的五十几个官兵就开始了真正意义上的野外生存和自力更生，开始了他们对边境线上的中国最古老的原始森林的保护与坚守。只有到了来年 5 月，春天遍布整个大兴安岭之后，才会姗

与梦想的距离

每一个离开家乡入伍的青年，他的内心都会揣着一个或大或小的梦想。那种梦想在没有实现的时候，都被他们年轻的心涂抹着理想的色彩。有的梦想很近，或许可以触摸得到，有的梦想则很远大，需要他们用青春脚步去一步步接近。但无一例外，每个人的梦想，都会与现实有着一段大大的距离。

1. 布约小兵从一座山走入了另一座山

从地图上找一下四川大凉山的位置，会让人觉得那个因西昌卫星城而出名的地方竟是那么遥远。如果再熟悉一点祖国大西南地理知识的人会更加知道，凉山州就在那重重叠叠的百万大山之中。一群群四季常绿的高山让这里几乎与世隔绝，但是不服输的彝族人硬是寻找到了通向外面世界的路，在一条条翻山越岭的路上，那些肩挑背扛的山里人正在把目光延伸到外面的世界，他们在努力地为自己寻找一条生路，让自己更为广阔地撒眸在新奇的世界里。

2007年的布约小兵正是一个彝族人家刚刚可以寄托希望的娃仔。那年他十六岁，黝黑的皮肤下面包裹着的骨骼正在格嘣嘣地拔节。这个在电视里看着山外花花世界的孩子心中升腾着无数的憧憬，外面的楼到底有多高？外面的霓虹灯到底有多少种颜色？外面人讲的话为什么那么字正腔圆？外面！外面！大山之外的世界让他把目光从课本上抬了起来，他急切地想知道外面的那个世界到底是什么样。

布约小兵和他的父亲老布约同志有过交谈，他不知道为什么父亲给哥哥起了“布约伍呷”这样一个听起来完全是彝族男人的名字，而给自己却起了这样一个彝汉混搭的名字。老布约眨着显得很有智慧但又由于在大山里生存了一辈子而显得有些空洞的眼睛望着眼前这个即将长大的小儿子，一时不知道如何表达他当初给儿子起名时的苦心。

老布约虽然是这个彝族村寨里的一村之长，但是他有着一辈子也未能实现的梦想。在他年轻的时候，他曾无数次地盼望能有一个穿上军装走出大山的机会，但命运却只给了他当几年民兵的机遇。当他在失望中等来了小儿子的出生时，他又开始点燃了他的希望。他给这个小儿子起名叫“小兵”。这个名字里铭刻着他的希望与寄托。他像是一个老兵一样在内心里不停地呼喊这个名字，盼望着……

布约小兵知道父亲的心思，他更要完成父亲的愿望。2007年立秋刚过，布约小兵的名字出现在了应征青年的行列。当然，十六岁可能会成为他应征的一道坎，但老布约还是有能力来搞定这个事情。虽然儿子没有提前两年出生，但是一顿土酒土菜下来，乡里武装部就让布约小兵立刻成长了两岁，这个在政治上合格的孩子一下子变成了一个年龄也达标的青年。

没有办法，谁让这个喜欢军队的彝族村寨这么多年没有穿上军装的后生呢，谁又让这些朴素的彝族人那么真诚地热爱一支曾经在他们家

从公路上一拐弯，远远地就能看见中队孤零零的营房

乡走过的队伍呢，谁又让布约小兵从小就对外面的世界那样向往呢。

直到后来入伍多年，布约小兵还能回忆起他接到入伍通知书时整个村寨的兴奋。他瘦小的身躯被那身略显肥大的军装包裹着，他看起来根本就没有想象中的那种军人的高大与威猛，那身陌生的军装散发出淡淡的樟脑球的味道，衣襟上的褶皱像一道道没有愈合好的伤疤，尤其是那条腰带，一系一收之间，似乎整整多出了半条之长。那天，布约小兵已经不知道应该兴奋一下，他使劲地往回收已经飞出去的思绪，但他还是收不回来，觉得自己已经不是自己，像是从山上砍回来的一捆柴在院子中间杵着，思想和肉体分离开了。思维正漫过一座座山在空中飘着，而人却跟不上想象的脚步。这个长到十六岁还没有走出大山一步的孩子已经感到了他正在向成功的方向跑去。

布约小兵多年以来一直不避讳自己当初的无知。当初的他不知道什么是解放军，什么是武警，当然更不会知道武警这棵大树上还会有森林武警、水电武警、交通武警、黄金武警和内卫部队等若干个枝杈。他只知道自己穿上了军装就会和电视中看到的那些军人一样，不是走上演习场，就是奔赴救灾的一线。总之，穿上军装就实现了梦想，穿上军装他就会带着家乡人的期望，携着他们的目光走出这重重叠叠的大山，代表他们去看一看外面的世界到底有多么精彩。

走路、坐三轮车、倒汽车、乘火车，布约小兵用了各种交通方式，在接兵干部的带领下和一群山里出来的青年终于到了他早些年便听说过的内蒙古。草原很广阔，望也望不到边。在冬季，真的是天苍苍，野茫茫。没有风吹动，干巴巴的空气里凝着说不出的冷。显然这不是一个看草原的最佳季节，但他的心里还是有些满足。他有生以来终于看到了这么平坦的土地，他再也不用像是在家时一样抬头看山，低下头来还是看山。他的眼睛里拥有过了草原的影像。这是一个可以在家信中写进去的内容。但是草原上成群的像白云一样的羊群在哪里呢？他的内心又有一点点失落。

新兵的训练紧张又艰苦。外面的世界已经容不得布约小兵再去思考，他最要紧的事情是把眼下的日子熬过去。他现在已经不是家乡那个十六岁的孩子，他已经是一个十八岁的应征入伍的新兵。他已经站在了一个新的起跑线上，身边的青年既是他的战友也是他的对手。可是他要面对的困难要比想象得多。绝大多数的战友都在讲着接近电视里播音员那样的话，即使是在凉山一起入伍的同乡，也在讲着地道的四川话，而他说出来的彝语竟然没有人能够听得懂。他惊异地发现自己真的是来到了外面的世界，这是一个不属于他又必须让他去属于的世界。一切都是陌生的，陌生得让他自己感到只有他一个人存在。于是他不再说话，只能去悄悄地观察战友们在班长的指令下在完成怎样的事情。战友们在听政治教育课，听得神情严肃，他听得更严肃，因为他一句也听不懂。有时别人能听笑，他也笑一笑，他笑的是自己为什么笑。他的新兵生活基本上就是眨着黑溜溜的大眼睛在想为什么。

好在班长对布约小兵不错，他感觉得到一种温暖的力量。周围的战友们对他也给予着最大的帮助，让他在新奇和陌生中试着融合。由于语言不通，文字又不相同，他只好让一切重新开始。不过，他在军事训练上的努力很快就展现了出来。常年在家乡跋山涉水，他具备了很好的身体条件。这倒让他在新兵期间的训练上没有太过吃力。

只是那种寒冷，让他不敢说出来，也不会形容出来。每天一睁眼，就要陷入一种对寒冷的恐惧当中。这种彻骨的寒冷是他在家乡时未曾体会过的，又是现在体会过却又说不出的。布约小兵盼望着新兵快快下连，他想，下连之后就进入了工作状态，那样可能一切都会好起来。至少可以像别人讲的那样，可以到城里去转一转。长这么大，除了在入伍的路上透过车窗浮光掠影地看了一下城市的影子，他还真的就没有体味一下走在城市里的感觉，也不知道城市的味道是什么样。从电视里他看到城市里会堵汽车，城市里的房子摞在房子上面，城市里有的女人冬天也会穿很短的裙子。他认为这些都是不真实的。

2008 年的 3 月到了，布约小兵的家乡正是油菜花黄艳艳绽放的季节，新兵终于下连了。他被分到了一个从来没有听说过的地方，叫作莫尔道嘎。他坐了一天一夜的火车，从呼和浩特的新兵教导队被拉到了呼伦贝尔的牙克石。那天夜里十一点，他和一同下队的战友又从牙克石坐上了奔赴莫尔道嘎的火车。

火车一开动就钻进了无边无际的黑夜之中。布约小兵努力地往外看，什么也看不到，火车玻璃上冻上了一层霜做的帘子。一天一夜坐车的劳累让他再没有了下连的兴奋，他蜷缩在座位上一点点睡着了。第二天，天亮了，火车还像蠕动一样在爬行。

透过战友们用手划开的冰窗帘，布约小兵看到了外面的景象。窗外是白茫茫大雪覆盖的原始森林，说不清名字的树木立在雪中默默地望着驶过的火车。

树真高，雪真白，林真大。布约小兵觉得心透亮。可是看了五分钟之后，外面的林子还是和刚刚看过的一样，又看了十分钟，火车好像动都没动，展示的还是刚才的风景。又过了两个小时，火车还是在同样的雪和林中穿行。天啊！这是要到哪里去呀。

九点多一点，火车到达了莫尔道嘎。又坐了一夜的火车，布约小兵彻底没了想象的力气。他只盼望赶快到达营区，他不想再坐在火车上，他想念家乡的木床和新兵连的铁床。

在莫尔道嘎大队刚吃过饭，集合的哨响了。布约小兵和十几个战友又坐上了一辆运兵车，带兵的干部说，多穿点，车上冷，我们去奇乾。

路上是半米厚的雪壳子，汽车在上面爬行加滑行着，七个小时之后，布约小兵终于被那辆车拉到了一座营区。正在车上迷迷糊糊睡着的时候，他突然听到了鞭炮的声音。这一路走来没有看到一座房子，没有见到一个人，怎么会有鞭炮声？布约小兵从停稳的车里刚落到地上，他看见了一群老兵正满脸兴奋地向他们跑来。

布约小兵这个从西南大凉山跑出来看新鲜世界的新兵又走进了一片比他的家乡要大无数倍的大山之中。家乡的山连着梦想的山，中间没有一点过度，也没有其他内容，布约小兵的生命注定绕不开山与林。从一座山走进另一座山，梦想却不在原点。

奇乾又有一批新兵来了。

2. 银峰的心在几个月内经历着两重天

银峰在呼和浩特长大，这是偌大的内蒙古最大的城市了。从这个意义上讲，银峰也算是在大城市长大的孩子。由于在内蒙古长大，这个身材魁梧眼睛细长的小伙子总能让人感觉是蒙古族人。但他不是，一口标准的普通话，一笑就露出两排白白的牙齿。

2012 年 12 月，银峰参军入伍了。在别人眼里看起来这是一件非常光荣的事，但给他最大的感受是喜悦，光荣的感觉当时还没有。爷爷有些不愿意让他到部队上去接受锻炼，一是爷爷对部队上的苦有所了解，他吃过的盐比银峰多很多；二是银峰是他最小的孙子。在中国，有句老话讲老儿子大孙子，老人的命根子。说的就是最小的儿子都是末秋之作，作为父母都更为珍惜，上面有哥姐护着，老儿子要少吃很多苦，而大孙子是第一个隔代人，注定要视为掌上明珠。这些都是过去的事情了。自从计划生育政策把亲叔叔、亲大爷、亲姑姑等等称谓搞得逐渐消失之后，每一个孩子都成了全家人心中需要维护的中心。何况银峰这样在城市里长大没有经历过大风大浪的孩子，爷爷自然舍不得把他撒得更远。

可是银峰想趁着年轻出去闯一闯，他的这种闯不是去闯命运、闯世界，他是去闯见识、闯阅历，他只想出去闯两年。富足的家庭已经给他积累了不需要他更多努力的财富，政府的政策也让他少了许多后顾之忧。但是年少的他懂得唯苦过方知甜，唯累过方知闲。他要让自己去苦一苦，累一累。

没有人刻意来阻挡这个年轻人的脚步，没有人能拴住他澎湃的心。银峰成功地穿上了军装，他高高兴兴到武装部报到了。武装部人员告诉他，他即将入伍的部队是内蒙古森林武警。噢，武警么，很好呀。噢，和森林打交道，应该很美么。只是内蒙古这个词太熟悉了，就想往远了闯一闯，怎么偏偏连个自治区都没出呀。银峰心里有点懊恼。但是他没有权利选择部队，也没有权利表达他的不悦。

登车了。接兵的干部一挥手，几十个年轻人稀里哗啦地钻进了车里。银峰心里的不爽随着车的开动又变没了。内蒙古也很大么，从东到西上千公里呢，出去闯两年回家也可以么。

车在赛罕区开出，一路向东。就在银峰还没来得及把背包里的饮料拿出来喝上一口的时候，汽车转进了一个部队的营区。鞭炮声、锣鼓声响起来了，广播里欢迎新战友的歌曲，还有营区主干路上欢迎新战友入伍的标语全都满满当当地挤进了银峰的眼睛里、耳朵里。天啊，这二十几分钟的路上太过熟悉的风景他都没屑一看，怎么就到了梦寐以求的部队！他张望了一下，不远处的飞机场，身后那条曾经走过许多次的公路，现在变得却是那么讨厌。原本是要出去看世界，哪知道入伍的警营却是离家只有十几公里。如果知道是这样的结果，他才不会选择当兵呢。如果真的想看呼和浩特，那他有的是时间一条条街一条条路地转个遍，犯不着穿上军装被严格的纪律约束到郊外的一个营院里呀。这入伍和不入伍也没有区别呀。

后悔来不及了。银峰被集体的队伍裹着前进。班长们把他们领入班内，早他们几天入伍的新兵已经会迅速地起立问好，被子已经叠得方方正正，银峰感觉到了一种不一样的气息正扑面而来。刚刚涌上心头的悔意瞬间被一种严肃的氛围赶得无影无踪，他已经不由自主地加入了一条奔流的河，他开始被携带着一同前进。其实，和他同地同批入伍的许多新兵可能也有这样的想法，只是他们没有来得及交流内心的遗憾。

军旅生活开始了。出操、训练、教育，到时间开饭，到时间看新闻，到时间就寝，一切都变得有规律起来，只是时间太过于紧凑，让他们没有多余的时间再细细地回味入伍之初的冲动与想法，新奇推动着时间快速地前进。转眼到了周六，这是对于新兵来说都盼望了许久的日子。这天可以让他们与家人进行一番话聊。

当别的战友往家里打电话还在拨区号的时候，银峰只用了七位数就把电话打到了家。家人很诧异，这孩子走了一周，家人还以为去了十万八千里之外，怎么就在这咫尺之遥的地方呀。但就是这咫尺的距离，已经让银峰变成了另外一种身份另外一个人，仅仅一周，他已经学会了立正和家人打电话，知道了做事情要守规，他还知道了儿行千里母担忧的道理。

放下电话就是继续训练的日子。银峰度过了几天的不适之后，便可以在心里溜溜号。训练的间隙，他看远处的楼房，回忆那里有什么样的商场，有哪所学校。有时，他还给来自陕西和辽宁的新战友们讲一讲这个城市的风俗和特色。但他也只是讲一讲而已，他也出不去，他与那个城市隔的不是一道墙的距离，他隔着一条纪律，部队的纪律让墙里墙外变成了两个世界。这种感觉外地的新兵感受得不深，但是银峰却被这种意识牢牢地拴住了。

新年到来之前，银峰得到了一次让其他战友嫉妒羡慕但不恨的机会，他的家人来到了新兵教导队。这不是一次实际意义上的探亲，只是班长领着他到了部队的大门口，从家人手里接过来一些丰富的慰问品，短暂地问候几句，那种问候匆忙得像是寒暄，然后家人又温习了一番一个多月前和银峰告别的感觉，招着手离开了这个营门。一个多月没见到家人，银峰觉得他们之间有了一种说不清的距离。不能像在家时一样撒娇任性，现在他是一个军人，是一个要成长和成熟的人了。这种距离感他没有和家人说出来，但是他却触碰到了。

再过一个月，银峰又知道了一件事。他们这批新兵只是集中在总队的驻地进行统一集训，新训一结束他们就要分赴内蒙古的四面八方。噢，原来如此呀。原来远方还是在远方热切地向他招着手呢。听到这个消息，银峰的心又忽悠了一下，原来他的脚步还是要迈向远方呀。

新训终于结束了。银峰盼望着这件事。不是受不了那种艰苦，而是他急切地想离呼和浩特这个生于斯长于斯的城市远一些，最好是更远一些。

银峰被分到了奇乾中队，他在新训队的时候，已经听说了这个因艰苦而著名的地方，他听说了这里没有电，不通邮，他觉得这没什么可怕，那真是一个太新奇的地方了，这世界上还有这样的地方？没有电那老兵怎么过呢？不通邮老兵怎么和外界联系呢。银峰觉得他即将成为一个探险家，去一个陌生的领地亲身体验一个未知的秘密。他又有些兴奋起来。

和以往的兵一样，坐上了从呼和浩特开往呼伦贝尔的火车。一路是看惯了的草原，银峰心里急慌慌地想看到森林，毕竟这才是出去闯世界的第一道风景。

从牙克石坐上开往林区的火车，银峰终于知道了什么叫作茫茫林海。整整十个小时，火车就是在林海中穿行着。草原上的每一条路几乎都是直直的，直延天边。而森林里的路就在围着山脚转，趴在车窗上，不费力气都能看到前后的车厢。银峰第一次看到了这么多的树，第一次坐上这种招手即停的火车。在早些年，林区里往外运木头只能通过火车，而且公路还没有修通，如果每天一趟的自家火车再不等一等自家人，那大山里的人们就没有更好的办法往外走了。所以，这里的火车招手便停。

到了莫尔道嘎之后，还是吃上一顿饭，然后马上出发奔向奇乾。从牙克石到奇乾的行程必须要匆匆地进行，火车到达莫尔道嘎是上午，如果等着吃了午饭再走，那去奇乾的时间就会误掉不少，再有，谁都知道去奇乾的路是一条变幻莫测的路。早些上路，时间会宽裕一些，即使是这样，这么多年以来，上午从镇上出发，到达奇乾中队最早的时候也不会在三点之前。

和银峰一同去奇乾的有十几个新兵，还有一条狗。那条大黄狗在新兵们的包上跳来跳去，明显地带着兴奋。那个时候银峰还没能理解那条狗的心情，它也是才见到这么多新人，它当然要高兴。在后面的岁月里，银峰再看到那条变得懒散的狗时，他才知道枯燥的时光真的会把所有人性格的棱角消磨掉。

路上是一样的森林。落了叶子只剩下灰黑色树干的落叶松和泛着耀眼白光的白桦交织在一起，静静地挽着手伫立于皑皑白雪之上。虽然看起来是一样的森林，但由于路在变化着，一会儿爬坡，一会儿下梁，一会儿又绕过了山脚，一会儿伴随一段冰河，银峰觉得心里亮亮堂堂的。他趴在窗户上望天，天湛蓝湛蓝的。

那是 2013 年的 3 月，草原上的枯草正在努力地钻出残雪与土层，正欲把一片青翠捧给世间，而这里却还是冰天雪地，银峰真是开了眼。很多战友在车上昏昏地睡着，银峰却有些出奇的高兴。他的这种心情和来奇乾路上的南方兵有所不同，因为他就是在内蒙古长大，他已经习惯了这里的气候。另外，他是出来闯世界开眼界，并不是来拼人生找出路，他将是这片森林的匆匆过客。

银峰的兴奋只是暂时的。随着夜晚的到来，他的心一下子又沉入了海底。发电机一停，营区消失了。只把一腔热血的他无情地扔到了冰冷的床铺上。傍晚下车的时候他已经把这个中队打量了。不需要第二眼，一眼他便看清了它所有的概貌，就那么大的营区，就那么些房子。说白了，就是从森林里开出了一块地，盖起一栋楼，就成了营区。难道自己的两年就要在这里度过？床铺吱吱地响着，银峰知道翻身的人不止他一个。无非是谁也不说。

2014 年 4 月，自从到奇乾一年以来还从来没有下过山的银峰得到了一个与外界接触的机会，但是这个机会却让他有些悲喜交加。他的爷爷病危住进了医院，老人在与世隔绝之前想看看他的大孙子。银峰坐上了因为他而提前下山买菜的中队的皮卡到达了莫尔道嘎，然后坐火车到了海拉尔，从海拉尔坐飞机回到了呼和浩特。他尽可能采取了最快的回家方式，还在一个省，他却已经走了将近两天。

姐夫已经在航站楼的出口等他了。一路上心急如焚的他却不急着上车回家，那个时候太阳正要落了。他呆呆地望着那个红乎乎的圆饼挂在西天。一年多了，他的太阳都是在下午三四点钟正红艳艳的时候就跑到了山的那一边，他似乎忘记了太阳落山的样子和颜色。他突然想起来，原来城里不仅仅光亮多，就是太阳存活的时间也要比山里多呀。

爷爷的病很快有了好转。于是姐姐带着他去了海亮广场吃了一次自助餐。吃完自助餐，银峰站在广场上还是不想离开，五颜六色的灯闪烁出一片喧嚣，各种音乐交织在一起灌进了他的耳朵，晚上九点多了，人们还兴致正酣地跳着广场舞。忽然银峰想到了在奇乾从报纸看到的一个他一直没弄明白的词——广场舞大妈。这个近两年来很热的词原来就是这么回事呀。

姐姐说，回家了。银峰说，我再看一会，这里多亮呀。姐姐走到银峰面前，怔怔地看着他，然后眼泪流了下来，晃了晃他的胳膊，你是不是当兵当傻了？

银峰回头冲姐姐笑了笑。他想到了中队，此时的奇乾早已经进入了黑暗。他站在广场上恍如隔世，他真不知道奇乾是不是真实地存在于原始森林里面。

银峰提前一天归队了。他知道了他与梦想的距离。他原本想着往外闯，去看世界，到了奇乾，他真正地看到了城市内所没有的风景，他真的看到了一个别人看不到的世界。他的梦想实现了，可能他比别人要更幸运，因为并不是所有人的经历当中都有一段奇乾岁月。

银峰喜欢在森林中和战友们跑步，他更喜欢跑完步停下来趴在桥栏上痛痛快快地呼喊，汗流浃背的兄弟们一齐放开喉咙，青春梦想里的拥有与不甘一同宣泄着，那些粗犷的声音掀起一阵阵松涛，然后又被松涛吞没。那些压抑着的心被这些呼喊又释放着，喊着喊着，眼泪有时会突然地想流出来，因为他们都知道，这种日子不会成为他们一生的拥有。总有一天，他们会离开。但不论时间长短，他们都用光阴一天天地抚慰了梦想。

3. 卜晨光走出家门时悄悄在心中立了一个誓言

卜晨光一脸的成熟让人看起来就像是原始森林里的一棵历经沧桑的大树，四季在他的脸上已经雕刻出独有的味道。淡淡地笑，深邃地注目，但是却在轻松地面对眼前。

十五岁那年，卜晨光坐在课堂上如坐针毡。这个十三岁学会开车的少年心飞得飘飘忽忽，一直在半天空悬着。课本在一页页地往后翻，书在一本一本地往下读，读书好像是一个漫漫无期的行程，而他的成绩从来没有让他感受过遥遥领先的滋味，而是踉踉跄跄地跟随着别人，如同潮水一样，漫无目的地向前涌动。他不承认自己愚钝，只是觉得读书真不是他的人生。

卜晨光众多的表兄表姐之中，几乎都是因为学习而出人头地，而他却单单成了一个另类。班主任就是舅妈，这个无比疼爱他的人对他有着准确的认识。当卜晨光向家里提出不想再继续上学时，父亲没有想到只读初二的儿子哪来的这么大勇气。父亲只好去问舅妈。当班主任的舅妈脸上并非全是绝望的表情，只是结论说得很明确，上不上都行。就这五个字，把卜晨光的学业及前景总结得准确而到位。

但是父亲不太甘心。他对他的长子说，我给你三天时间，你什么也别干，就是考虑清楚上不上的问题。

卜晨光觉得父亲给的时间有些过长，他不需要那么长的时间来考虑。他觉得家乡满地煤核都在等着他拣呢，浪费那么多时间去考虑一个早已决定的事情没有意义。没几天，卜晨光摇身一变，成了一个在上学路上拣拾煤核的劳动者。当然，自尊心极强的他总是要避开上下学的高峰，他不想让同学们发现他的新职业。

卜晨光的家在冀中地区，他们那里的人们习惯用拣来的煤核拌上白灰做成结实的屋顶。半年的光景，卜晨光家的院子里堆满了他拣回的煤核，几间平房屋顶的用料问题在他的一次次躬身拾拣的过程中得到了有效完成。可是，谁也不知道那个少年在一次次出门的过程中思考着什么。每一次离开家门，卜晨光都要悄悄地望一下家门，就在那一次次回望之中，他知道终有一天他会选择离开。而每一次满载而归，迈向家门的时候，他想到的还是多年以后的回归故里。

那年夏天，卜晨光和叔叔一起在地里劳作。他们要赶在下雨之前，把化肥撒到田里。可是雨没有如期地下起来，由于担心化肥烧坏了庄稼，叔叔决定和他引水浇地。在这个过程中，卜晨光被心情不好的叔叔怒训了一顿。天黑了，站在地头儿，望着一片黑压压的庄稼地，卜晨光感到了一片黑暗，年复一年地顺着这垄沟走，什么时候才走到头呀。再往远处望，村庄也是黑乎乎的一片。有些压抑，没有生机，虽然身体在咔咔地拔着节，但是卜晨光却觉得生活一下子陷入了一种迷茫的状态。

卜晨光想到了当兵。他觉得那是一个走出家门的最好方式。当卜晨光把这个想法刚刚流露出来时，村里头的风言风语便像是苍蝇一样四处飞舞。那个时候卜家的日子在村子里还算得上富裕。姥爷、舅舅、姨妈等所有的亲戚都在北京居住，只有他的母亲阴差阳错地落户在了河北农村，一直心怀愧疚的姥爷给了他们家尽可能的照顾。

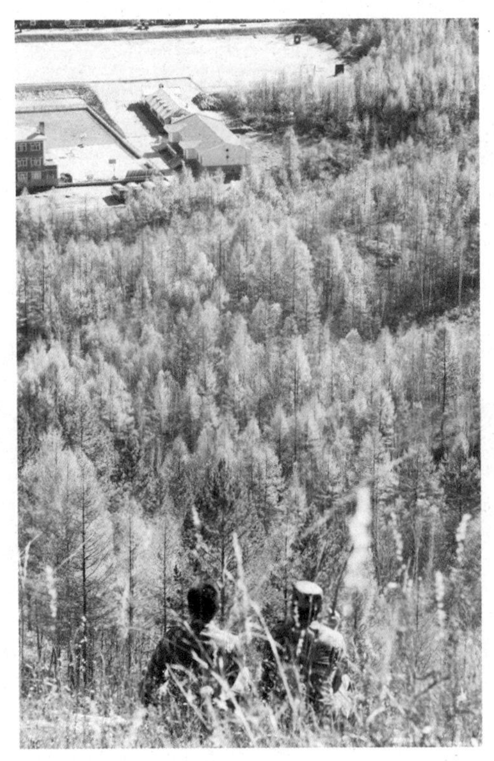

⊕ 坐在后山上，卜晨光远远地望着他生活了十几年的中队

村子里曾有过一个当兵的，那个人在部队待了三年，

结果是喂了三年的猪。于是，村子里便有些人认为卜晨光去了部队也要去喂猪。没文化、岁数小、个头矮，这些先天不足的条件好像注定了卜晨光就是一个养猪的命。卜晨光不这么看，他还认识一个武警部队的退伍老兵呢，人家怎么就那么干练那么帅气呢。

命运会给他做出怎样的安排，卜晨光无法知晓答案，但他懂一个道理，只要去努力，即使是关上了一扇门，也会有一个缝留给对里面好奇的人去窥视。

卜晨光牛气冲天，非武警不当！他认准了这个目标。认准了这个目标他也会为之努力。

当入伍的梦想如愿以偿后，卜晨光穿上了新军装像所有的入伍青年一样告别了家乡。与众不同的是，离开家那天，天上下着小雨，他站在门口静静望着那道他出入了十几年的门，他在心里发誓，只要不是死在外面，坚决再也不回来了！他的这种心境里没有对家庭的怨恨，也不是对家乡的逃避，而是他想让自己更有力地去搏击风雨，去追逐未来。他让自己变得没有退路，尽管他在心里的誓言并没有人听到。

最可怕的事情是这个世界上有一件事只有自己知道，因为你无论走到哪里，始终陪伴着你的只有自己的心。

那句话在心里像是一个惊天动地的呐喊。卜晨光已经知道，从此，自己的脚步只能向前而不能有半点的退后，哪怕眼前有万千坎坷与险阻。

在车站，卜晨光结结实实地欣赏了一次送别的场景。别的人都在哭，他觉得真好玩，哭什么呢？路是自己选择的呀？这个摇身变成了十八岁的十五岁少年像是一个成年男人一样看着眼前的情景。

火车载着卜晨光开始向着他心中越远越好的目的地奔去，

但是他的目的地在哪里他不知道。尽管在这之前，他坐着父亲的大货车跑遍了山西，也见识了外面世界的一隅，但他还是觉得到了一个自己从来没有想象过的世界。火车一过哈尔滨，外面的世界便没有了。窗玻璃上厚厚的冰把窗外和车内分隔成两个不同的世界。外面一片朦胧，看不清，也看不到。而车内不是，一天一夜的颠簸让他完全熟悉了身边所有人的面孔，尽管有些陌生，但视觉上的疲劳早已出来了。各种浓重的气味混杂在车厢里，还有各种奇怪的声音。他渴望着早点下车，早点结束这种折磨，早点看一看警营的样子。

火车终于停了，刚一下车，刚呼上一口气，卜晨光感到新鲜的同时，他还感到自己的鼻腔一下子被粘住了，像是夏天在家时打开冰箱的那一瞬，冷热是如此的分明。而和在冰箱前又完全不一样的感觉是，站在冰箱前，只是面向冰箱的那一面是凉的，而周身还是潮热，现在不是，现在是他觉得自己钻进了冰箱，像是冷冻箱里的一条鱼，周身上下一下子全被冻僵在了那里，硬邦邦的。

四下望去，树上、地上都在反着白光，目光所及之处，白茫茫一片。

这是什么地方？怎么会是这个样子？卜晨光对于这两个疑问还没来得及解开，他又归于那个还不太整齐的队伍。

第二天，他开始投入正式的训练。

冀中的一个少年，由于穿上了军装，变成了一个挺拔的青年。只是那个涌动着汩汩热血的心还不知会面对何样的四季。

在新兵连，初次离开家乡见得世面的卜晨光忽然发现了一个可怕的事情。他竟然有着严重的口吃。这是一个他在家时从来没有自我发现的问题，而且他所有的亲人当中也没有人指出，或者是没有发现。而在新兵连，他发现了别人在侃侃而谈，而他却常常是语无伦次。而且他更清晰地发现，他这个问题的存在与他的文化程度无关。他也发现了有的持着初中或高中学历入伍的战友文化程度并不一定比自己的初一水平有更多含金量。实际上，在这更早，卜晨光便发现了一个问题，那就是学历不一定具有决定性，它只能是一个具有官方身份的说明。而真正能够说明自己的，是自己在一个平台上所展现出来的一切。

每天看新闻的时间是固定下来的。卜晨光在看电视的过程中，一直在小声地重复着电视里的播音。他发现了一个改变口吃很有效的方法。但是他只能小声地嘀咕，他不能影响到别人。但有时身边还是有人会奇怪地转身看一看他，又不是吃东西，看电视嘴老动什么？

还是在新兵连，别人帮助卜晨光发现了他另一个优点，后来他的这个优点变成了特长，就是他的嗓音极好，透亮，清脆，在这个宝贵的基础上，他发现自己的音准竟然真的比其他人强。这两个条件相加，让卜晨光在以后的日子里有了更多歌唱的机会。

卜晨光入了团，还得了嘉奖。这对于一个新兵来说，是一个很高的起点，这是短短的新兵连生活带给他的。这种像是馈赠一样的认可，把他的新生活涂抹得有几分五光十色。卜晨光相信自己选择了一条完全正确的道路。第一个非武警不当的誓言达到了，他还有一个誓言，那就是不优秀便不回家。

他要为他的第二个誓言的实现去努力。

新兵下连了。卜晨光在新训期间为自己挣下了足够的印象分，有的排长想带他走，有的班长也早已像是星探一样向中队汇报了卜晨光。但是卜晨光还是跟着排长孟辉走了。

那个时候他还不知道奇乾到底是怎么回事。那个时候他还在想着入伍时盼望的“越远越好”。当火车停在莫尔道嘎时，卜晨光去上室外的厕所，他虽然没有亲眼见识到听闻的“撒尿时要拿一根棍子一边敲一边尿，不然刚刚出膛的尿液便会速冻成一根冰棍”的恐怖场景，但他还是看见自己飞泻而出的尿液在落地时像是冰珠一样滚动，他明白了，他已经真正行走在一条越来越远的路上。

系好了裤子，卜晨光问排长，你要把我们领到哪去呀？入伍三个月以来，他终于问出了一个有些怯生生的问题，他好像终于变得会思考。

排长没有吱声。他总在面对着这样的问话，几乎每个分到奇乾的新兵在路上都曾有过这样的疑问，有的是语言，有的是眼神。

卜晨光到达了奇乾。噢，眼前这里就是未来要用时光来面对的么？狗跑上来了，如同见了久违的亲人，哈哧哈哧地问着好，嘴角却全是冻结住的冰珠，牛也悠长地叫上几声，声音在原始森林的上空传向远方，像是在宣告这里还有着生机。还有羊，为数不多，又被冻得缩成一团，使得那个群落显得少之又少，像是混乱的几个小雪球。卜晨光有些不敢相信眼前就是自己的警营，即便在电视中看过无数个关于艰苦军营的报道，他也没有看见过如此让他大开眼界的地方。即便是在新兵连的床铺上设想过无数次自己的未来生活，他也没有想到生活为他打开的这个画卷竟然会是这样。

卜晨光又想到了一件事。那就是他曾对自己说过，只要不优秀，他就不回去了。他看到了眼前这么多的生机与活物，在这个森林的深处，竟然暗藏着这么多世人不知的图景。

抬起头，他又看见了中队的烟囱，一缕绵绵的白烟，正沿着那支孤零零的烟囱飘然而升。烟在空中一点点由浓变淡，一点点散去，最后化在了空中，变得无影无踪。后来的日子里，卜晨光无数次地看着那些炊烟发呆，他觉得那些炊烟就像是这个中队退伍离去的老兵。刚刚从烟囱里出来时的烟就像是刚刚要退伍登车的老兵，而随着越走越远，他们就像是烟一样散得找不到影踪，但是谁也不能说他们不曾存在过，他们只是融入了一片更大的天空。

一个老兵向卜晨光走过来了，卜晨光看见了他满身的油渍，还有浓浓的混在一起的牛和羊的味道。从农村来的卜晨光对这种味道熟悉但不喜欢。后来他知道那是一个叫马渊的老兵，他在中队负责后勤上的一些事。每年到了夏季，他虽然还是在和牛羊打交道，但是因为用水方便的缘故，他变成了一个十分干净的战士。冬季的生活打乱了所有的节奏，但他们还得按部就班。

因为旅途疲劳，卜晨光还没有发现生活的真正面目时，他迷迷糊糊地睡着了。到了夜里三点多，他突然听到了一种机器的声音响了起来。窗户被严严实实地冻死了，里里外外没有一点光亮。但是从外面传来的那个声音，还是让曾经在家里和各种修理打过短暂交道的卜晨光准确地判断出那是发电机的声音。

这时，他又准确地判断出了一个新情况。这里竟然没有电！天啊，这里怎么会落后到如此地步呀。睡不着了，他睁着眼睛望着根本看不见的天花板。他实实在在地拥有了他梦想的警营，他梦想的警营也真真切切地容纳了他的到来。他崭新锃亮的新生活就将在这个百里见不到人烟的地方开始么？

卜晨光有些后悔，但是另一个声音以更大的分贝淹没了他刚刚涌上心头的点点悔意。

天亮了的原因是灯亮了。窗玻璃上结了五六厘米厚的冰，墙角上也挂着一层亮晶晶的冰碴，战友们说出的话被冷空气凝住了，似乎声音还没到达对方的耳孔，口中呼出的那缕白气已经飘然而至。等走到室外集合时，才发现，原来天亮了，只是阳光没有光临到室内，而他们觉得还在黑暗之中。

狗和他们一起出操了，由于新战友的加入，它们像是家里来了客人的孩子，兴奋得忙前跑后。牛站在不远处一动不动，被白霜描了一圈的睫毛忽闪忽闪，只有眼睛偶尔眨动一下时，才会发现那不是一尊尊雕塑。

一、二、三、四。男子汉的声音集合在一起，在中国唯一的这片未开发的原始森林上空划出一道道痕迹。堆在枝头的雪纷纷坠落，奇乾中队终于在老兵复员、经历一段失血之后，又恢复了它的生机。

卜晨光的奇乾时光从此开始。那个时候，他还不知道他将写下什么样的精彩，他还没有心情去感知与梦想的距离。因为，那个时候，他的梦想与后来的梦想不一样。

4. 何洋洋当特种兵的梦想终于实现

2009年3月，接新兵上山的汽车在莫尔道嘎通往奇乾的路上爬着。厚厚的冰壳给土公路披上了一层银质的铠甲，行走在上面的汽车像是从树叶上掉到地上的一条肉虫一点点蠕动着。一个肩章上还散发着刺鼻的樟脑球味的新兵看了看窗外漫无边际的森林和雪地，把目光收了回来，然后落在了身边的一个中士身上。

新兵问，班长，山上好不好？

中士有点腼腆地笑了，我也是刚上山。中士的眼睛也一直盯着车外，他也正觉得窗外的一切都很新奇，而这种新奇却要把他带入一种恍惚之中。他知道自己正走在一条正确的道路上，一条自己选择的道路之上，但是他实在不知道这将是一条什么样的道路，还有多远的距离将让他去行走。

中士叫何洋洋。在此之前，他是内蒙古森林总队通辽支队的一个中士，一个优秀的中士，一个在草原上奋战了六年的老兵。

何洋洋在甘肃省平凉县入伍。入伍前，这个初中毕业后一直在武装部借阅《解放军报》和《人民武警报》的青年不知从何时开始认为，当兵到部队就是去练武的。可能他的这种信息来自于报纸天天讲的“武艺练不精”“当兵不习武”等等口号，总之他认为如果能当了兵可能自己就会练就一身刀枪不入或是踏雪无痕的武艺。尤其在村里又见过一个堂哥，出外当了几年保安就变得气宇轩昂，何洋洋自打入伍年龄一够，就铁定了一颗入伍的心。

体检顺利过关。接兵的来了。何洋洋问，是武警么？接兵干部说是武警。何洋洋高高兴兴地穿上新军装走了。他的梦里全是斑斓的梦想。他感到自己拿起狙击枪、穿上特战服的日子指日可待。那个时候，在他的意识里，武警就是机动师，就是特警。天真的少年总会被理想搞晕，他对于未来没有产生一点质疑。

一到新兵连，一看大门牌，何洋洋的心凉了，呀，是武警，原来是森林武警！

但是何洋洋还没来得及更深层地失望，紧张的训练生活让他如梦初醒，体能吃不消，跑步跟不上，原来自己什么都不行呀。何洋洋有点清醒了，是不是自己把目标定得太高了。这个大西北的农家子弟最优秀的本质呈现出来了，赶快脚踏实地地干吧，别再想那踏雪无痕的事了。雪毕竟是要化的，雪毕竟是踏不实的。

何洋洋心甘情愿地站在了班长面前，不无恳求地说，班长，你教我点东西吧。班长一点也没谦虚，问他，你想学什么。何洋洋说我想跟你学俯卧撑。班长趴在了地上，示范了一个动作要领，然后轻描淡写地扔出来四个字——坚持就行。

在通辽支队的五年时间里，何洋洋也不知道自己是如何“坚持”的，反正他变得“很行”，在中队，只要是军事考核，他次次拿到的都是第一，但尽管是这样，他当特种兵的梦想还是没有实现的渠道，失落又开始在心头萦绕，他觉得这个兵当得没滋没味，没有上过战场，没有真正的比武场，也没有真枪实弹的演习，电视中看到的场景就是海市蜃楼。何洋洋能听到自己心里发出来的叹息声，他劝自己，还是安心合计打火吧。可是通辽支队是一个小支队，又是在草原上，打火的机会也是少得可怜。

通辽支队地处草原，扑火任务相对于大兴安岭支队来讲要少许多，每年，总队都要调整一部分通辽支队的士官骨干到大兴安岭支队，同时，要把一些大兴安岭支队的干部交流到其他支队任职。在这种情况下，何洋洋在通辽支队结识了从大兴安岭支队调整来的警务参谋朱锦辉。在朱参谋那里，何洋洋知道了大兴安岭每年一场接一场的扑火战斗，知道了大兴安岭茫茫林海中一个又一个传奇的故事。

当何洋洋在通辽支队转成中士后，他坐不住了。他找到了中队，向中队长和指导员提出了要交流到大兴安岭支队工作的申请。中队长不同意，指导员也不同意，在哪里当兵不是一回事，在哪里干不是做奉献。

可是何洋洋不甘心，何洋洋要让有限的军旅生涯多彩多姿起来。即使不能走上比武场，能多上几次火场也不枉当了一回兵。何洋洋变得很固执，他的心已经在朱参谋的描绘中飞到了那个有山有水有火可打的大兴安岭。

一而再，再而三。何洋洋第三次找到了中队，我的军旅生涯还剩下两年了，我不想再留下遗憾。

何洋洋去大兴安岭的愿望实现了，同时，他提出："我要去奇乾。"从入伍以来，他听到了太多次奇乾这个名字，他想要融入奇乾的山山水水之间去。难得这样一个老兵在转成了中士之后还有着这样的热情与梦想，还有着这样的激情与固执。

随着新兵下队的节奏，何洋洋终于奔向了他的梦想之地。他早新兵几天到达了莫尔道嘎，在那里等候新兵一同上山。不言不语的何洋洋保持着大西北人身上的质朴，这个已经算得上资历很老的老兵随着义务兵在大队的院子里扫了三天的雪。何洋洋的眼睛里满是新奇，哪来的这么多雪呀，哪来的这么多树呀，这三月天哪里又有三月的感觉呀。他就盼着新兵早点来，汇合后和他们一同往山上去，他的目的地在奇乾，而不是在莫尔道嘎。反正在哪里都是当兵，越是艰苦的地方越是给未来最好的回忆，越是在艰苦的地方磨炼越是给未来打造过硬的翅膀。老兵的思维和新兵永远是不一样的。如果说其他的新兵到奇乾是在一种懵懵懂懂的状态下成行的，那么，何洋洋是用在生活中的对比为自己找到了一个飞翔之地。只是没有人真正读懂他的想法，包括和他在一起劳动的短暂相识的战友们，他们也弄不清这个老兵为什么要到奇乾去报到。或许还有人在心中猜忌他是不是犯了什么错误，被“流放”或“发配”到了这里。因为奇乾堪担流放之地的重任。如果哪个兵不愿意干了，想逃跑，尽管可以让他随便地去跑，一天的时间也跑不出林区，就那一条出山的路，两侧全是茂密的森林，森林里各种野兽出没，不消说钻进森林去躲藏，就是在人迹罕至的路上行走，还要时不时提防有野兽出来伤人。也没有可以搭乘的便车，就凭着一双脚板在路上丈量。有那种出走的勇气和逃跑的力量还不若在此地安心工作。但现实是，奇乾中队从组建开始就没有出现过逃兵，那个地方的异样艰苦拴住了每个人的心，为每个人的人生镀上了奋斗的成色，让一批批战士在那里成长为平凡的勇士。

可是这条路，这条路真的有些让何洋洋不知道是否行走得更为顺利。就在他刚刚回答完新兵那个问题后不久，车停下来了。接着何洋洋听到司机下车后发了一句牢骚，不一会儿就听见车下传来了咔咔的声音。何洋洋下车一看，原来司机正在拿着铁锹铲雪。这时，他才有机会真真切切地打量一下四周。四周是密密挺立着的树木，树下和眼前还是茫茫的积雪。而脚下的这条路由于覆盖着厚厚的雪，延伸出去几十米便和山林融为了一色，只有从树林的空隙上才能大体辨别出路的走向，但也是不知它将蜿蜒至何方。

开车的老兵讲，现在车停的地方是冰包。冰包是东北林区特有的一个名词。这个词在“百度”搜索里可能不会出现。冬季，山上的泉水流至公路上一点点冻聚而成，大的冰包有二三十米，小的也要有十几米。远远地看去，就好像巨大的半个馒头放在了路面上，两三米高的冰包使路面形成三面光滑的坡，也就是说车往上开是坡，往下开也是坡，车的另一侧还是坡，随时随地都有滑到山下的可能。

这也叫路？！何洋洋大开眼界了，但担忧也漫上了心头。他真的无法想象这些战友们以前是如何在这样的深山老林中生活的。好在铲冰的老司机倒是不慌不忙，一下是一下地挥动着工具。是呀，冰冻三尺非一日之寒，要想除掉也不是一挥而就的事。急是不管用的，还是慢慢地弄吧。

车上的新兵们也都下车方便方便了，他们也都围在一边看。咣——咣——咔——咔——一声声在森林中传得很远很远，偌大的森林真是安静，除了这个声音再也没有其他的声响。声音因为孤寂而显得悠长。

所有到了奇乾中队的“新人”，都要例行一个公事——参观中队荣誉室。荣誉室的门打开了，何洋洋往里瞟了一眼，心中稍微凉了一小下。在通辽支队时，连队的荣誉室是铺着红地毯的，灯光一照，满屋子散发出来的都是一种神圣的光辉，真有荣誉的光芒四照之感。而眼前的这个荣誉室，黑乎乎的，很暗，地面也只是灰突突的水泥地面。

但是再往里一走，只看了一眼前言，何洋洋的心跳得就快了起来。这个从1963年建队以来，一直就驻守在原始森林深处的中队竟然走出了两名将军、十名师职领导、二十六名团职干部，这是一个多么不可思议的事情呀。再往下看，何洋洋的大脑因为血速的加快有些晕了。中队的荣誉可以用数不胜数来形容，立过功的官兵的名字挂在墙上，密密麻麻。

荣誉室在有些时候就是建给老兵看的。新兵对于荣誉的体验还仅仅是一知半解，荣誉会给他们带来追逐的动力，但他们对于荣誉的理解总会因为从军经历太短而显得浅显。而老兵不是，很多老兵终其所有精力和经历，也不见得有过荣立军功之耀，所以说，他们在参观荣誉室时，很多时候总会找出一个参照物进行对比。

从荣誉室走出来，何洋洋的心情平缓了许多。站在院子里，他望着湛蓝湛蓝的天空，心中对自己说了一句话，何洋洋你来对了。他来到了一个光荣的群体，虽然他还没有抚摸到军功章的温度，但是他知道他已经有了奋斗的目标。

看过荣誉室之后，何洋洋找到了巨大的差距。和自己同年度兵的卜晨光、郭喜都已经立过两次三等功了，而自己还仅仅是在追逐梦想的路上刚刚启程。并不是说有了军功就说明这个人比其他人优秀多少，但是这种以组织名义对工作进行的肯定毕竟还是分量不轻。

新兵下队后，奇乾还没到冰雪消融的时候，换句话说也就是还没有进入防火期。这个阶段，官兵们主要在进行着体能和军事训练。

中队长殷坚早就知道来了一个何洋洋，只是还没来得及细聊。但是下车那天，中队长看了一眼精精神神的何洋洋，凭着多年的带兵经验他就觉得这是一个不错的兵。只是不知道已经这么“老”了为什么还要交流出来。第三天，殷中队长问何洋洋，你是在内地待过的，你会啥？

何洋洋老老实实地回答，会擒敌拳，会应急棍术，还会——还没等何洋洋把会的说完，殷坚已迫不及待地打断了他的话，我们正缺这样的教官，那从今天开始，你就教中队练这些。

何洋洋从一千公里之外远赴中俄边境的原始森林，虽不是雪夜上“凉”山，倒也是像林冲一样成了武教头。从此，奇乾中队的战士们看到了一个能够把警棍舞得呼呼生风的老班长，可是也有的战士不明白，咱们就是深山里扑火的兵，学这应急棍术有什么用呀。这山里连一个人影都看不到，到哪里去维稳处突呀。尽管这样想，但他们还是非常愿意跟在何洋洋后面训练，不然日子太枯燥了，何洋洋为他们带了一种新东西。

2009 年 6 月，何洋洋随着中队打了第一场火。火很大，何洋洋内心有些兴奋。这是森林部队官兵普遍的心理特点。森林官兵从来不怕火，火越大战斗激情越高。何洋洋刚一上火场，指导员赵国明就看出来了，这个在训练场上能飞能跳的老兵，打火经验实在是没有，除了体能要比新兵好之外，就是火场上地地道道的一个新兵。指导员指示卜晨光，你要带着何洋洋打，要好好地教他。

卜晨光和何洋洋是同年兵，一个是在火场上冲锋陷阵的虎将，一个是刚上火场的初生牛犊。但是何洋洋学得很认真，也很谦虚，对于打火，他对卜晨光是从内心里的敬佩。赵国明这样做也有他的想法，他要把这个不可多得的何洋洋培养成一个多面手。

10 月，何洋洋在奇乾有了自己的第一个收获。他光荣地入了党。又转了一年，何洋洋又凭着优异的表现荣立了三等功。

那年年底，何洋洋中士服役期满，但是他觉得和奇乾已经不可分开。在中队征求他走留意见时，何洋洋没有任何犹豫地留了下来。何洋洋觉得自己和梦想距离越来越近，当兵的滋味越来越浓。他一直在心里庆幸着自己的选择，来奇乾真的是一次正确之旅。

然而，通辽支队不这样看。

2011 年，内蒙古总队首次进行大规模军事比武。一个支队从各个层面选出十四个人参加，何洋洋毫无争议地获得了支队士官的参赛名额。最后在总队各路高手的过招当中，何洋洋以微弱之差拿下了第二名的成绩。支队领导对何洋洋的表现很满意，但是何洋洋却有些耿耿于怀。如果他早些知道谁的成绩排在自己前面，他还是有劲儿可以使的。正是因为一项项分场地同时进行，让他看不到真正的对手在哪里。

何洋洋还拿到了负重七十公斤哑铃深蹲的第一名。他感慨于在奇乾中队的训练让他有着更足的动力，那里更多次的扑火战斗给了他体能上更多的磨炼。

参谋长陶谦知道何洋洋是几年前的“转会”选手，他对于在总队范围内的士官交流这一做法很是满意，他拿何洋洋举例。陶参谋长讲，何洋洋这样的士官只有到了大的支队才能更好地挖出潜能，发挥作用。

但是通辽支队的老中队长张岩却不无自豪地说，何洋洋是我们的人。

成功从来都不会无缘无故地眷顾到一个人的身上。何洋洋能够取得这样的成绩与他的梦想是分不开的。这个一直梦想当特种兵的老兵入伍后竟然没有机会去触摸梦想中的枪支，只有在这次比武时，才从武装部借到了一支枪练练瞄准和空枪击发。但是平时一直在看武器装备书籍的何洋洋却对射击要领有着异于寻常的理解，当他举起枪时，射击理论上的光线、风向、瞄准线等都找到了实实在在的落脚点。也难怪他第一次射击就在五十环满分的标准面前打出了四十七环的成绩，这不是天赋的因由，这是潜心于目标的回报。

比完武之后，何洋洋被大队留在了莫尔道嘎。大队想让他帮助山下中队把训练成绩提升上去。可是当何洋洋在被奇乾衬托得繁华无比的镇上工作了一年后，他又再次提出，要回到奇乾去。他想念山上战友之间的和谐，更喜欢每个人身上呈现着的朴实。他的感觉是在那片净土上生活久了的人的共同感觉。

何洋洋是奇乾的一个另类。他是一个真正的特种兵。森林官兵是世界上唯一的一支以保护生态为任务的武装力量，而奇乾又是森林部队里唯一的条件如此艰苦的中队，何洋洋又是用一种“非自然”的方式加入到了这个群体，是他把梦想的距离在这里拉得和现实很近。他不像其他人，是随着分配的潮水流到了奇乾这个河湾，他是顶风逆浪地冲着这里进发，他要用一种距离缩小另一个距离。

5. 郭喜成了郭家穿军装的人

2002 年 10 月，郭喜报名参军入伍的事在河北张家口万全县孔家庄闹得沸沸扬扬。原因是一个上了年纪的“老顽固”找到了村里，老郭家过去成分那么高，他们家的孩子也能当兵？

天啊，都什么年代了，还有人在论成分。有两种可能，一是那孔家庄太落后了，人的思想观念还没变。二是郭喜家的成分可能太高了。

老郭家一百个委屈。解放之前，郭喜的爷爷手里刚刚攒了一点钱，视土地如命的他立即决定置下十来亩地，结果全国解放了，一划成分，苦了一辈子的他被划到了地主的行列。别讲你自己有多冤，你确实有地呀，你确实是地的主人呀。地主可能就是这么回事。

要说最冤的还是郭喜的父辈们。齐整整的哥七个，个个腰直体壮，可就是因为地主的成分身杆硬是没直起来过。个个在心里想当兵，可是连报名的勇气都没有。再到了郭喜这一代，郭家里里外外一群男人竟然没有一个穿上军装，这也成了郭家的一块心病。

郭喜的父亲是最小的，到了郭喜身上他就寄托了全家三代人的当兵希望。郭喜报名了，便有人不服了——他是地主的孙子。这是发生在21世纪初的事。

郭喜穿上了军装，老郭家好像从来没有遇见过如此大的事。不说张灯结彩，但也是鞭炮声声。且不说郭喜会在军营干得如何，仅就成功入伍一件事，就比考上大学还要荣耀。郭喜不是给一个人当的兵，他是肩负着全家人的希望去追求父辈们企慕了半生的梦想。

郭喜的新兵生活是在牙克石度过的。冷是一个无法回避的话题，但是郭喜能够坚持，因为冷不是后娘，不单单冲着郭喜一个人，它会无时无刻地包围着所有的人。但是班长却总要格外“照顾”郭喜的训练。天天怕被部队退回家去给老郭家丢脸的郭喜在训练上总是有些心神不定，尤其是在军体拳训练时，班长的口令在郭喜听起来像是惊天炸雷一样突然，于是他的动作不是落后于别人就是不同于别人。这样，班长的目光会关照着他。时间一久，他成了班长的“心上人”。站在冰天雪地里的郭喜有些懊恼，难道老郭家的人真不是当兵的料？郭喜在内心里极度地盼望着新兵下连。他感觉到只要新兵一授衔，他就是部队上的人了；

只要一下连，他就会离开班长到一个可以发挥他作用的地方去了。

下连的日子到了，2003 年的 3 月 15 日。那是一个全国都在打假的日子。郭喜想象了很久的美好在这一天也被打回了原形。

从莫尔道嘎开往奇乾的送兵车一共有两辆。一辆拉着装备在前面歪歪斜斜地沿着冬天压出来的车辙往前爬着，后面坐人的车再小心翼翼地把车轮瞄进冰雪构成的车辙里。

那样的路真是怪极了。车轮只能卡在车辙里行走，除了车辙没有其他的路。雪已经填满了路两侧的沟。第一个在雪后开车的人不知道哪里是路，只能像是在航道里开船判断主航道一样，在路的中间确定着路面。第一个压上去的车便开启了这样一条路，一冬天，凡是在这条路上走的车便都开始沿着这条车辙前进。

不仅仅是郭喜，在车上所有的新兵都没有看见过这样的路。火车沿着铁轨前行是可以理解的，可是汽车还要沿着固定的沟槽前进却是新鲜事儿了。郭喜初中毕业后一直从事着修车的行业，他能够从车辆行驶中感觉到什么。

后来发生的事情真的印证了他的担心。车真的坏在了路上，发动机的问题。开车的班长一声令下，车上的二十四个新兵开始下车助力。人推着车慢慢前进着，一会车能开了，一会车又需要助力工了，走走推推。

天没有黑，但是太阳却往林子下落下去了。还不知道奇乾在哪里，一伙人变成了一个个小黑点，汽车在他们的眼里却成了重重的累赘。

冰包接二连三地出现着。翻越第一个冰包的时候新兵们还没有经验，从车上拿起锹到路边去翻土。老兵司机制止了，那样会更滑。郭喜明白其中的道理。轮胎压在小小的石头上是不会有什么效果的。

老兵把大衣脱下来往冰上铺，这个举动启发了新兵们。于是，军大衣在冰面上铺成了一条绿色的路，这道风景几乎在每年这样的时候都会上演，这也是去往奇乾路上独特的风景。只是新兵们只能经历一次。

七八个老兵和两个士官迎接了他们。郭喜他们这批兵成为奇乾中队扩招之后的第一批新兵，二十四个新兵的到来一下子让中队有了热乎气。可是三十几个人在原始森林里一扔，也是没有多少声息，有时和一群狍子的数量差不多。实际上人在这里就是少数群体。

奇乾的冬天，面临的最大问题不是打火。雪把林地都盖住了，冬季的原始森林是不着火的，能够活下来是最为关键的事情。2003 年的冬天虽然比以前好过多了，但那个时候奇乾的日子还没有根本性的改变。

吃的不管好坏，在入冬前都已经储存下了萝卜、白菜、土豆，还有足够吃的米面，只是饭菜的样式太固定了。取暖是奇乾的当务之急，是头等大事，是天天要面对的斗争，零下五十多度的寒冷是整个冬天如影相随的恶魔，挥之不去。

奇乾中队的兵冬天几乎都是要在打柈子中度过，没有足够用的木头来取暖，会咬人的冬季就熬不过去。郭喜修过机械，他的这一特长被中队开发了出来。不久，他被分配到锅炉房负责烧锅炉。后来，发电的工作也交给了他。郭喜当兵的梦想实现了，但是他绝对没有想到的是他把三代人的当兵梦落在了一个黑咕隆咚的锅炉房和发电房来实现。

从林子里运回来的木料基本上都是湿的，即便是干柴，也被雪沤得潮乎乎的。每天晚上，郭喜和一个战友把湿木柴运进锅炉房，围着锅炉摆起两米来高，锅炉里面也成垛地架上木柴，外面的要借着炉温烤干，烤干的次日再添进炉膛。那个小小的锅炉房里，每天里里外外都是木柴，郭喜的日子就被木柴填充得满满当当。

晚上烧起锅炉，没有多少空闲，一个多小时就要往里填一次柴。

⊕ 郭喜心中有花千朵，只是不知献给哪位姑娘

除了灶门处有着红亮亮的光以外，整个锅炉房里都是黑的。夜无边无际地裹着他。他就一个人坐在小木凳上发呆。眼睛空洞洞地盯着炉膛，耳朵似乎听不到炉膛里噼噼啪啪的木柴爆裂的声音。

在奇乾多年以后，郭喜最怕的就是发电机出现故障。如果发电机出了故障，烧锅炉时就会带来很大的麻烦，没有引风机作业，整个锅炉房里都是黑烟滚滚。屋里弥漫满了黑烟之后，再从门口向门外涌，人还要弯着腰钻进屋里烧锅炉，那种折磨不可想象。只要经历过一次就会此生难忘。但这样的情况，郭喜每年都要经历。

2005 年 8 月，已经成为士官的郭喜终于获得了一次探亲的机会。由于家里没有电话，而他又走得突然并没有事先写信给家里，到家时家里没有人。站在熟悉的家门口，郭喜不知道见到父母该如何描述他为他们进行的圆梦之旅，耳朵里响起的全是中队锅炉和发电机的声音。在外两年半的军旅生活，没有把他锻炼成一个腰杆挺拔的威武战士，他在昼伏夜起的生活中失去了训练场，失去了队列生活，失去了把军装穿得体面的机会。

坐在锅炉房里，郭喜曾无数次地问自己，当兵的梦想到底是什么。通常都是自己还没有来得及想出一个具体答案，又有其他的事等着他了。

郭喜入伍之前可能对武警生活有过无数幻想，但是他绝对不会想到他十几年的军旅生活会围着一个大森林里一个小小的警营。但是他知道，他的锅炉一烧，中队的人身上全暖了。他的手一按，发电机会照亮所有人的生活。他主宰着奇乾的冷与暖，明与暗。

梦想是什么？梦想不是遥不可及的幻景，梦想就是在奇乾品味着没有在奇乾当过兵的人的渴望。

与幸福的距离

奇乾的幸福到底是怎样的幸福？是没有酒喝的日子里拥有了酒香？是分别的日子里相逢了战友？还是在纷杂的世界里寻到了一份宁静？还是在成长的岁月里停驻了奔忙的脚步？没人说得清。

1. 贺虎林总盼着春暖花开的日子

长江以南的冬季，大多是绿树成荫，油菜溢金。虽然不是处处鲜花艳，但也能是满眼春。贺虎林是奇乾中队的指导员，他的家在武汉。在长江边出生，长江边上长大，贺虎林一直认为水就是水，水就是奔波不息的河流。只有他穿上军装到了内蒙古，他才发现水会变成固定的冰，河会成为静止的路。

贺虎林的新兵生活是在内蒙古赤峰度过的，他是 2000 年底到的那里。赤峰市在内蒙古的东部，与辽宁的西部接壤，按照东北的说法，那个地方不算纯东北，冬天那里算是相当暖和的地方。但是贺虎林还是觉得冷，从来没有过的冷。每天一睁眼，他在想的事情就是跑不跑，如何跑。可是再往营区的四周一望，东西南北都分不清，往哪里跑。

日子开始变得难熬，入伍之初的梦想像是烧过的木柴，一点点暗下了它曾有的温度。贺虎林在一次次难眠的夜里想象着故乡的风情。故乡的油菜地如同一幅幅斑斓的油画，一遍遍潜入梦中。他从来没有想过故乡最为普通的田地会成为他最可寄托情思的地方。在想象着故乡田地的日日夜夜中，贺虎林迎来了下连的日子。

春天到了，草原返青了。绿草从沉睡的土地里露出了头，打量着告别了一个冬季的草原。牛羊也走出了场院，欢快地奔向了草原。贺虎林的心情随着春天的到来而春光灿烂。

日子就这样开始了。贺虎林开始接受这种气候，最主要的原因是他开始了警营的生活。但是他还是会惧怕冬天的到来。好在当又一个冬天来到时，他已经成为一个老兵，他已经不在乎潇洒度而是第一时间用棉衣棉裤棉手套把自己武装起来，开始和冬天进行敌我斗争。

贺虎林觉得幸福就是拥有温暖的日子，而不是实现更高更远大的理想。在贺虎林服役满两年时，他经历了军旅生涯中的另一个冬天，他在参加全军统考中因为几分之差落榜了。原因在于他太过于骄傲，上学时成绩一直优秀的他太自信于自己的文化功底，只匆匆温习了一个月的他与入学失之交臂。在临近退伍时，贺虎林对走与留想了很久。走，就会从此逃离他深恶痛绝的寒冷，就会再也不亲近这种有些让他恨之入骨的冰雪。如果留，他将会有不可预测的时间在北方的寒冷中度日如年。但是考学的欲望最终战胜了他。

贺虎林的警校生活是在北京度过的。北京温润的气候让他找到了幸福的感觉，然而，他没有想到的是三年警校生活结束后，他再次回到了内蒙古，而且是更为寒冷的大兴安岭。冷归冷，那个时候他已经不再害怕北方的冬季，但喜欢这份工作并不等于也喜欢这样的气候。他只能在工作中尽可能多地寻找乐趣，用这种方式来御寒。

2012年，已经在毕拉河大队当过两年指导员的贺虎林被调到了奇乾。奇乾是整个森林部队的一朵奇葩。由于这里的艰苦与隔绝，支队每次往这里选调干部时都要精挑细选，能够打火是一个方面，能过日子是另一个方面，也是最重要的一个方面。贺虎林多年工作中的优秀表现早已引起了支队党委的关注。

4月，贺虎林来上任了。奇乾和毕拉河虽然都在大兴安岭，但相隔三百公里，两个地方的景象又是完全不同。最早贺虎林知道奇乾是听郭喜做报告，坐在台下的他想，支队还有这样的地方啊？写报告的人是不是有些太吹嘘了，都什么年代了还有不通电不通邮见不到人的地方。

通常干部的任职组织上都要谈话，贺虎林到奇乾是通知。机关一个通知，你调到奇乾任职了，尽快报到吧。贺虎林没有想法，他也不能有想法。奇乾这个大熔炉可不是谁想来就能来的。组织委以重任了，他没有理由不把这里当成事业的平台。组织只知道他热火朝天，不知道他对寒冷有着本能的拒绝。

贺虎林来奇乾了。在路上他就知道了奇乾的冷不是传说。一路上全是冰雪。只有朝阳的山坡上偶尔会露出一片片灰黄色来。那是枯草的容颜。枯草也没有返青。但就是那一点颜色对于他的眼睛来说也是安慰也是希望了。

一切真的都不是传说了。贺虎林到达奇乾之前听说这里已经有了通信讯号，心里挺幸福。反正妻子在老家，平时也是靠电话联系，有信号就好么。可是没有想到的是到了奇乾，正赶上信号坏了，一坏就是二十六天。修信号的师傅在莫尔道嘎，路不好走，一时半会上不来。

终于信号又通了。妻子在电话中带着惊疑，带点怨气，问贺虎林，你丢了？怎么就近一个月没动静呢。贺虎林说我上山来时不就告诉你这个地方没信号么？

妻子想起来了，贺虎林是和她这样讲过。可是她还是不相信，你骗谁呀，这个世界上哪里能没有信号呀。贺虎林也很逗，奇乾就可以没有。

有人说，距离产生美。可是没有了信号的距离能让人美到哪里去呢。刚到部队的时候，贺虎林一直靠想象故乡的油菜花感知着幸福，当他成了家之后，他是靠和妻子的电话温存着自己的幸福。而现在，当他奋斗了多年之后，却奋斗到了一个比新兵时还冷、比想象中还远的奇乾，而且是一个信号时断时续的奇乾。这样的奇乾，让他的思念变得绵绵不绝。

贺虎林来到奇乾任职的时候，正是支队对奇乾投入最大关注的时候。几十年以来，奇乾一直以艰苦著称，但却因为过度偏僻而没有更多领导的光临。当支队新上任领导深入地考查了这个中队之后，他们发现奇乾独有的精神魅力不应该是奇乾所独享的，而应该成为支队所有单位所共有的。于是，奇乾的名声开始随着党委的重视而从深山向外远播。

贺虎林是一个肯于动脑的人，他的聪明在于悟性很强。他把多年在外面扩展的视野移植到了奇乾中队。中队史馆很快建起来了，几十年来一代又一代官兵的足迹从这里重新回响，一茬茬的荣誉又开始在这里闪光。文化活动也开始真正落户这片深山老林中的营区，读书、版画、营区景观，一个又一个带有奇乾烙印的文化景点如雨后春笋，出现在了阿坝河边。

上面关注多，中队变化大。看到收获，贺虎林的幸福感又开始占据了心头。战士们总能看见笑眯眯的指导员拉着中队长尚国义的胳膊在院子里转，总能看见指导员面红耳赤地和中队长争议。他们有的远远地望着，有的也参与进来，站在各自认为正确的一方。他们一旦拉着胳膊，一定是在讲各自家里的情况。如果他们一旦争议，不是这块菜地种什么划算，就是冬储的萝卜多少斤才够用。在奇乾，鸡毛蒜皮的事都是事，拿贺虎林和尚国义的话讲，如果有一点没想到，你等着老天给脸色看吧。什么时候买发电的柴油，一次买多少经费够用库里还放得下；菜窖上面的烟囱安多高才能达到排烟的效果；机关有首长要来，只有一个单独房间住宿怎么安排；水务局提出要打一场篮球，中队还要冲人家要一些铁皮是赢他们还是输他们；筑路队的工人受了伤只能到中队来包扎，是把好药拿出来还是给一般的药用……事事都得商量，这不是两个人争权，而是人多智慧多。一旦哪件想不到，后果通常不好弥补。就例如有一次尚国义好不容易在外面淘来了一根铁管，战士们没有计算好尺寸就截成了两段，眼睁睁地看着东西废掉了。而一切物品对于奇乾来说都是稀缺的，他们这里除了木头以外，所有的东西都是从山外运进来。

贺虎林没有想过自己会在奇乾这样的地方工作，而且不知道还要工作多少年。森林部队独立驻外大队的主官是可以任职到副营职的，贺虎林是正连职的指导员，他未来在奇乾的日子不可能会以天来计算。他必须当起顶梁柱，把人的事，物的事，远的事，近的事，上面的事，下面的事全部管起来。

2013 年 8 月，中队旗杆上的钢索断了。国旗卡在旗杆上取不下来，人也爬不上去。这在内地很好解决，找个工程公司全权交给他们处理，完工一结账就了事了。可是奇乾不行，奇乾的兵没有钱的概念。这里钱币不能流通。贺虎林给护林站的卡点打电话，这两天如果有外面的吊车过，你们一定要把车给卡住。

一个护林站平时只有两个人值班，一两个月一换，同样也是方圆几百里见不到人，所以他们和中队的关系处得非常好，中队是他们唯一的邻居。

卡点上的人取笑贺虎林，咱们这三天五天也不来趟车，更别说吊车了。

贺虎林说我不管它几天来，我说的是只要来了，你必须给我截住，其他的事再说。很霸道。事实上必须得这样，不然百八十天遇不上吊车，那国旗就那么丢人现眼地挂在旗杆上，那风吹得钢索啪啪撞击旗杆的声音就像是打在脸上。而从莫尔道嘎雇车来修是不可能的，一是没有这笔经费，二是人家要的价根本付不起。

也是如有神助，第三天，真是破天荒地有辆吊车奇迹一样地经过了卡站。卡站的人都觉得贺虎林有通神的本事了。卡站的电话打来了，贺虎林坐上皮卡车风一样地刮过去了。

贺虎林的脸上是带着笑，问题要解决了。贺虎林又把这种笑传递给了吊车司机。可是吊车司机不了解林区里的事情，不肯帮忙。贺虎林心中自有他的办法。

平时，从莫尔道嘎一路上来，只要是林区里的人，无论什么忙大家都会主动帮助的，由于共同处在同样的艰苦之中，这里的人们十分注重团结互助。不讲价钱，不讲回报。可是这个司机显然不懂这里的民风。

司机要急着赶路，贺虎林却不急。中队的车子就恰好坏在了路上。本来那条路也刚刚将就着能让吊车开过去，他的车这样一出问题，谁也动不了。

贺虎林告诉吊车司机，你别急着赶路，我的车也没人修，从山下来人到修好，说两天也行，说三天也是它。不然你到中队先去休息，在这林区，除了我们中队能住人，还没有能住人的房子。我们在这想办法修车。要不，天黑了，这个林区里可没有地方去的。

吊车司机走南闯北，什么都明白。当然也会是一个明白人。吊车开到了中队，只用了十几分钟，钢索修好了。中队留下司机吃饭，饭桌上，贺虎林告诉司机，你可以帮我们，你必须得帮我们，要不然这里找不到吊车。

林区里的生活规则就是团结，这种精神本质更多地在奇乾中队体现着。

望着又飘起来的国旗，贺虎林觉得距离幸福很近。能办成一件事，哪怕是一件件小事，人只要有事做，就是幸福的。

所以，他想把奇乾建得更好。更好是什么呢？就是按着他的理想来建设。无论奇乾有多么冷，他知道，只要有一腔热的血，冰雪是冻不住人的理想的。

2. 李应广把一截手指潇洒地留给这片战斗过的森林

在奇乾，其实没有伤病就是幸福。有了伤病能够得到及时医疗与救助就是最大的幸福。

2003 年，新兵下连来到奇乾之后，李应广和所有的战友面临的第一项主要任务就是打柈子。天寒地冻不是着火的季节，但生活在林区的奇乾官兵要生存。而在生存过程中他们遇到的第一大难题就是如何战胜寒冷。锅炉房里的大锅炉昼夜不停地张着红彤彤的大嘴，它要不间断地吞进去燃料才可以释放出热量。用煤取暖太过于昂贵，再有从山下运煤上山实在是一件奢侈的事。漫山遍林的枯树在那里倒着，却要从几百公里以外送煤上山，这不是奇乾官兵的传统。

所以说，一到冬季，奇乾官兵最主要的工作就是上山打柈子。早晨吃过饭，两个人一组拿起斧头和板锯，一头钻进了中队附近的森林。人多了浪费精力，人少了还不行，两个人刚刚好。奇乾官兵的团结与协作都是在平时工作和生活中筑成的。

打柈子得选好倒木。首先是位置便于往林外运输，其次是

⊕ 李应广带着一副走南闯北的样

木料要禁烧。在经历了几次打柈子之后，李应广很快总结出了一个窍门，越粗的树越是出数。因为一组两个人要把倒木用锯截成一段一段之后，再用斧头劈成一条条的木柴。这样柈子就产生了。说白了，柈子就是木柴。只是林区给它换了一个称呼。

每个人每天的工作量是二点五立方米。这个数是中队从多少年来的生活中总结出来的。按现有人数算，只有每人每天打够了这个量，取暖和做饭才能对付得下来，不然，燃料不够，锅炉就要烧得有气无力，那个冬天就要变得难过且痛苦。

中队的安排是科学的，倒木有的是，只要努力去干，二点五立方米的量是能够完成的。战士们只要努力一下，天黑之前会完工的。当然，任务是固定的，早完工也可以早休息。

验收的任务由排长来负责。排长像是优秀的质检员，他的手里拿着一根二点五米的棍子。那根棍子就像是他的武器。他会在战士热切目光的注视下，用那根棍子在柈子堆上长宽高地一比画，完成了任务的便可以把柈子运到路上，由中队的车统一拉回。实际上，排长拿着那根棍子只是象征一下权威，打柈子这件事，奇乾的每名官兵都很自觉、主动和自愿，因为这和他们的生活息息相关。如若真是人人不尽力完成任务，不用排长来责怨与惩罚，寒冷便会立即还给他们颜色。

时间一长，李应广发现了，排长手中的棍子上在一米处还有一个刻度，那是量高和宽的。每天排长和大家一起嘻嘻哈哈地出工收工。

奇乾打桦子的劳动是一种劳累中的快乐，没有非常严格的标准。但是每个人都在超额地工作着。

10月，又到了贮备桦子的季节。李应广和同组的老兵又一同钻进了山林。

没有想到的事情在愉快的劳动中发生了。劈桦子时，通常都是由一个力气小一些的战士扶着立起的木段，另一个力气稍大的战士用板斧把圆木劈成一条条的桦子。有经验的人是用木头来扶木头，那天，按习惯由李应广来扶木头。他可能是太相信和崇拜老兵斧功，他直接用手扶了木头。

老兵的力气很大，他把用镐头改成的板斧抡得高高的，他的力气也是相当的足。就在老兵兴奋地嘿嘿喊着号子在林间挥舞板斧之时，李应广的一声惨叫成了喊停的口令。

李应广的那一声喊叫实在凄惨，有些惊天地泣鬼神的架势。在老兵还没有反应过来的时候，在远处打桦子的战友们已经听到了李应广的叫声。老兵停下来了，手中还死死地握着板斧，李应广疼得已经说不出话来，他目瞪口呆地看着自己的左手。老兵也看见了，李应广左手小拇指已经被整齐地剁下了一截，断口处正往外汩汩地冒着鲜血。

鲜血开始像是豆子似的噼里啪啦地往雪地上滚落，瞬间雪地上出现了一枝艳丽的梅花。开始，还因为天冷，血流的速度还慢，一旦血液冲破了伤口，血豆子开始连成了一条线。

围过来的战友们赶快用绳子勒住了李应广的伤口。那个老兵扔下斧头，开始帮李应广在雪地寻找那半截已经脱落的指头。此时那个老兵已经不再觉得浑身是劲儿，他不知道用什么样的话才能表达出对李应广的愧疚。

中队马上把李应广送往莫尔道嘎运。李应广坐在汽车里，由于身体开始一点点变暖，他觉得伤口开始发肿，无数的血都涌到了断口处，却又生生地被那条细绳给堵了回来。不甘于此的血液像是要出逃的鱼，在出口处又撞又咬。李应广顾不上这种无法言说的疼痛了，他的另一只手在棉手套里正小心翼翼地握着那已经和他在林间说告别的半截手指。

终于熬到了莫尔道嘎的医院。医院不大，患者倒不少。李应广看着医生给排在他前面的患者看病。那个患者捂着胃，疼得一身汗。医生说给你做个心电图吧。那个患者相信这个林区的医生就是他的救命神，点头。李应广很同情那个患者，感觉他比自己要疼得厉害，没再声张，只是安心地等。不一会儿，心电图出来了，医生拿起来看。患者的胃还在疼，可是他很关心检查的结果，问是什么情况。医生很自然地对患者说，我也不会看呀。很无奈的样子，还很诚恳。患者又问，那我的病是啥病呀。医生想了想说，可能是阑尾炎。

李应广看着医生给患者看病，心忽悠了一下子。这地方真是偏远，一个医院就这么一个医生，真像是神医，胃部疼竟能看到阑尾上去。

轮到李应广看伤了。医生让李应广把手伸出来。李应广把手从手套里掏出来了，他这时才敢认真地看一下自己血迹斑斑的左手，这哪还是手呀，一片血肉模糊。李应广没忘了把砍掉的一截手指拿给医生看。

林区医生就是林区医生，他可能对于其他复杂的病症没有经遇太多，但是对于由于和木柴打交道，锯伤、斧伤、刀伤这类的病早已见惯了，在他的心里，比李应广伤得严重的多了去了。

医生说，把伤口缝上吧。李应广问，那手指呢？

医生极为轻松地说，缝不上。接着又补充道，时间太长了，缝上也活不了，发炎了还得做第二次手术。

呀！真是神医呀。把第二步都看得清清楚楚了！

李应广看着医生给自己的断指处缝合。医生的技法确实很熟练，没几下功夫，断口被缝上了，就像是一个袖珍的麻袋被扎起了口。

伤口缝完了，也不需要住院。李应广要和司机离开医院了，他看到了托盘里的纱布上还摆着那截断指。那截手指曾经是与生俱来，可现在却和它说告别了。他已经关上了让这个委屈的孩子回家的大门，从此，它将与他没有任何联系。

李应广伸手拿起那截断指下了楼，走过垃圾桶时，他一扬手，那截手指在垃圾桶里发出了“咚”的一声闷响。

在医疗上讲，小拇指不算是功能指，虽然李应广少了那一根手指，但是却不能评残。评不评残李应广没有太多计较，只是在后来他开始关注这方面的医疗之后，他觉得如果是在内地，接上他的这根手指只是一个微不足道的小手术。但是在那么偏远的地方，他只能接受那样的医疗。

李应广后来当了炊事班长，又当了司机，该做饭做饭，该开车开车，少了那截手指也没影响工作，只是有两点不习惯。一个是总有新兵偷偷看他的手指，很奇怪的样子，然后很熟了之后，让他讲一讲那根手指的“来龙去脉”。另外一个不习惯是，最早他习惯用那个手指服务服务鼻孔或是亲近亲近耳孔。现在，这两项服务只能让食指代劳了。

在经历了断指之后，李应广获得了一个雅号——九指神丐。奇乾的官兵们总是要在苦中寻乐，他们总有把苦恼变成快乐的本事。

虽然说李应广对这个雅号比较认可，但他从此对手的关注却超过了身体的任何一个部位。

怕什么却非要来什么。2014 年 6 月，李应广和战友们一同打篮球。在和郭喜争抢一个篮板时，不知道怎么搞的，当他把篮球抢到怀里时，左手的中指喷出来的血把球染红了一片。大伙马上停了下来，惊慌地看着李应广。

天啊——李应广感到一阵头晕眼花，怎么又是手，又是左手。篮球滚落到了一边，李应广呆呆地看着血淋淋的左手，十年前在林中的一幕刷地又出现了。是不是又断了？这一反应在脑中刚一出现，李应广马上动了动中指，没有，还能动！天啊——

李应广这次是左手的皮肤被刮开了，只缝了三针就没事了。

军医给李应广缝针时，他没注意中指的伤口，只是在看相隔的那一个断指。然后就感到这次真是幸运，只是皮外伤。李应广对着中指在心中不停地说着谢谢。他觉得自己此时是天下最幸福的人。在奇乾所有的苦都不是苦了，他和幸福的距离就是这样近，近得不用触手就可及了。他的幸福就在他的指尖上。

3. 郭喜在老兵的新房里歌唱着醉倒

酒在奇乾是稀罕货，可能会偶尔地见到酒。从山下往山上运蔬菜都是定时定量的，哪会有更多的酒呢。所以，奇乾的兵相互之间都不知道对方的酒量。在奇乾，除了过年没有喝酒的机会。而过年会餐时，桌上的酒只是一种象征，它只是表示团圆和喜气的道具，而不会起到助兴的作用。

2011 年冬天，郭喜和老兵刘长波等来了休假的日子。可是到了牙克石才知道，回北京的车票买不到了。两人一合计，转路去大庆吧，同批兵岳辉退伍回家后已经不止三次五次恳求他们有时间去叙叙旧了。

在奇乾一起待过的兵，关系都很铁，人和人之间都很团结。恰好郭喜和刘长波又都是实在人，一拍即合，两人决定转路奔向大庆。

岳辉退伍回到大庆已经三年，正在和老婆谈婚论嫁。婚房已经装修完毕，只等迎亲的鞭炮响起了。他一听说这两个战友果真要来看他，兴奋得不行，在电话中一个劲儿地催促着快些。

岳辉是一个重感情的兵，对奇乾的感情特别深。几年的奇乾生活给他留下了深刻的记忆，只要有空了，他就和未婚妻讲述他的奇乾。

未婚妻对于他的讲述半信半疑，这回有两个从山里来的战友帮助自己证明他讲述的一切，岳辉哪有不高兴的道理。

郭喜和刘长波被岳辉安排住进了他装修一新的婚房。岳辉的婚房很漂亮，地板放着光，屋里摆放着别致的灯具。对于长期远离电的两个奇乾兵来说，走进这个明亮又宽敞的新房感觉非常陌生又十分新奇。

奇乾的兵有这样的特点，他们一旦从森林里走出来，看什么东西都会觉得新奇。长期的封闭生活让他们觉得一切都不是真实的，像是雾里看花，海市蜃楼。

郭喜在新房的镜子里还看见了自己的模样，他看了半天，才认出来那是自己。出门前太过于着急，中队的理发员又不在，他只是找一个兵匆匆地给理了一下。平时在奇乾，不管会不会理发，只要弄短就行，你拿我练手，我拿你练手，时间一长早已经习惯了。

可是休假就不一样了，休假的时候人人都想把自己搞得精神一些。一到这样的时候，理发手艺好的战士地位就要明显提高。中队有个叫颜世伟的战士会理发，他便成了中队的高级理发师。叫高凯凯的那个兵只是母亲会理发，他曾看见过，他也成了理发上的技术顾问。反正在奇乾，只要会一些本事，总会有用武之地。

这次休假郭喜就不太巧，理发的高手们都不在，只好用上了奇乾中队理发的专用工具——卡尺。卡尺往推子上一卡，只要一马平川推下来，满头一个尺寸，脑袋啥型头发就是啥型。可是郭喜的脑型却偏偏不适合卡尺的工作，硬是弄出一个火箭头型。

岳辉的未婚妻看见了郭喜的头型，评价是很新潮么。因为另类。她没有想到奇乾兵的发型会很赶得上潮流，怎么非人类便要弄成怎么样。

老朋友相见，自然格外高兴。岳辉把郭喜和刘长波请到了饭店。好酒好菜摆满了桌子，反正是到家了，哪有不喝点之理。再有，相处那么多年，还没有好好地喝过一顿酒。

于是，推杯换盏。

于是，你来我往。

于是，觥筹交错。

于是，情随酒至……

奇乾的三个老兵终于有酒喝了。地上喝干的酒瓶排成了队，像是摘了帽子集合的队伍。

岳辉说，我想奇乾呀，想中队，在那里真是没待够。

刘长波说，这辈子我最喜欢的地方也是奇乾。

郭喜也想说，但没敢张口，他感觉眼泪要流下来了。他在奇乾已经待了十来年了。

岳辉说。

刘长波说。

郭喜想事。

郭喜想说点什么呢。在奇乾就想找人说话，可是和战友们太熟悉了，谁爹叫啥，谁妈叫啥，谁家哥几个，几乎把所有隐私相互之间都唠没了，唠烦了，找不到再说话的人了。可是这回见到岳辉却有些不知道该说啥了。

岳辉喝，语无伦次地说。

刘长波喝，手舞足蹈地说。

郭喜喝，滔滔不绝地说。

岳辉的未婚妻看得花容失色。这真是想喝酒却难得一起喝酒的人遇到了一起，天天想见面一直见不上面的人遇到了一起。

那天晚上，岳辉他们三个从饭店回到新房又架起了家里的音响。

他们要唱一唱歌，唱一唱奇乾的歌。在奇乾唱歌是不需要任何音响设备的，没有电，那些设备用不上。只是清唱。他们三个老朋友竟然谁都没有看过谁拿着麦克唱歌是什么样子。

声音从麦克里传出来了，把三个人都吓了一跳。原来这麦克这么好，只要一唱歌，会把声音搞得这么大。

他们三人在新房里一边唱一边喝，直到三个人把客厅和卫生间吐得一塌糊涂才昏昏睡去。

醉了。他们三个全醉了，醉在岳辉的新房里，醉在对奇乾的回忆里，醉在曾经同甘共苦的经历里。

第二天早上，岳辉的未婚妻来喊岳辉。原来他们已经订好了那天上午去拍婚纱照。未婚妻对岳辉说，服了，你的战友们真实在。

2011 年中秋快到了。结完婚的岳辉跟老婆商量，我还是想奇乾，要不我带你去奇乾看一看吧。老婆也对岳辉说的奇乾充满了好奇，没说什么就来了。

可哪知一到奇乾才知道部队上山打火去了。岳辉说既然几千里都跑来了，不差这几天，说啥也得把战友们等回来。结果一等就是五天。当岳辉把老婆领到他再熟悉不过的那个队伍面前时，老婆吓得直往后躲，这哪是回来一伙人呀，一个个脸上全是灰尘，身上全是烟炽，像是一群山鬼。

第二天，岳辉要急着赶回大庆上班。临上车时，他又哭了，岳辉说，我这辈子在奇乾就是没待够，我还想回来。

老婆在一旁很迷茫地看着，她不知道在她心中非常坚强的老公，怎么一见到战友就那么幸福，就总要流泪。

岳辉带着老婆走了。他给中队留下了一些酒。战友们似乎闻到了酒的香，还有幸福的味道。

4. 许浩在不安中一次次走向山下

奇乾的山上有蘑菇，有黄花菜，还有松子。只是不出产水果。一年就几十天的无霜期，哪种水果能在这里落户呀。

从鞍山入伍的许浩家里没蘑菇，没黄花菜，没有松子，只产水果。产的水果是南国梨，全东北吃，供不应求。鞍山是名副其实的南国梨之乡，那种带着清香又脆又软的梨伴随了许浩的成长全过程。甚至到了吃不到睡不着觉的程度。

可是2013年3月，到了奇乾之后，许浩就告别了吃水果的生活。新兵连的时候还有，虽然不是南国梨，但总能吃得上水果，到了奇乾，水果成了奢侈品。如果没有老兵探家归队在山下买些水果回来，奇乾的官兵都几乎忘了水果的模样。

夏季的时候中队会买一些西瓜，冬季的时候有西红柿，这两样可当菜可当水果的物品在中队饭桌上可以看得到，但吃不出坐在水果摊上风卷残云的感觉。

许浩入伍前，没有出过远门，但他知道儿行千里母担忧。来奇乾之前，他听带新兵的班长讲奇乾没有电。心里合计班长怎么能拿这事吓唬新兵呢。来奇乾的路上，他坐在运输车的最后面，车一过冰包的时候，他就觉得坐在最后面的自己马上就要被甩出了车。车一过了冰包，他就有些相信班长说的话，因为路难行和路途远他已经领教了。

到了中队，到了天黑，电也没来，许浩亲眼见了，这回信了，班长没骗人，真是没电呀。刚开始几天，许浩对奇乾的生活一点也不适应。白天把厕所的位置看得清清楚楚了，晚上摸着黑往厕所里走。窗外黑得什么也看不见，而走廊里也同样是黑的。厕所里撒尿的地方走几步已经弄准了，只是心里一直在想着距离，就没有想到往前伸的手会摸到同样在摸着黑走路的战友。

两人摸到一块了，不知道是谁，但知道一定是中队的人，一定会是新兵，老兵们有经验，睡觉前少喝水，晚上不去上厕所，即使是去，闭着眼睛也能准确地走到射击靶位，而不会像他们毛毛躁躁的只知道去验枪，却不知道还有人从射击线上刚刚撤退。黑天半夜里，伸手摸到一个冰凉的半裸着的人体，吓肯定是要吓个半死，可又不敢喊出声。一个等一个先动，然后另一个侧着身过去。等再站在便池边上时，尿意早没了。虽然是室内的厕所，但后半夜的暖气是微弱的，带死不死的样子，为了省煤，后半夜的锅炉就是苟延残喘的。站在厕所里就和光着身子在外面区别不大。

许浩很现实。他知道自己来到了一个什么样的地方当兵。他们这一茬已经是独生子了，就是因为没有受过罪，家里才让出来锻炼两年的。他已经意识到，奇乾给他这两年的经历会让他终生难忘。

给家里打电话，家里问，在部队上怎么样？许浩说我们这里啥都有，可热闹了，人也多，车也多，干部也好，吃的也好。这种电话打着打着他就要闭上眼睛了，他的眼里全是想象的生活情景。放下电话，他也觉得自己挺好玩，到奇乾没多久，想象力竟然变得无比丰富了。而他和许多新兵一样，不约而同都学会了撒谎。

撒谎可能是奇乾这种环境给官兵们的一个启示。说实话家里只能着急上火，而且解决不了任何问题。只能撒谎，告诉家里这里一切都好。那次许浩的妈妈说给你邮点东西去吧。许浩很坚决地说，别邮，我们这里闲着一大堆，邮来也没用。家里说那给你寄点钱吧，许浩说别寄，一个月这么多钱呢。妈妈心里挺高兴，这孩子送到部队上真是对了，没去几个月就变得这么懂事了。

可是家里根本不知道，寄东西来不知道猴年马月才到，寄来了钱真的不知道去哪里花掉。有钱花不掉，也是一种痛苦。

这种痛苦，只有奇乾才有。

2013年6月13日。许浩很清晰记下的一个日子。他的牙疼得实在不行了。脸肿了起来，一只眼睛都要挤没了，钻心的疼痛让他彻夜难眠。中队只好把他送到了莫尔道嘎。

如果没有病，奇乾的兵是不可能从山上下来的。如果没有休假，奇乾的兵也是不可能从山上下来的。坐在下山的车上，许浩心里突然冒出来一丝幸福，他有些感激自己的牙了，原先的苦恼消失了，虽然牙还在疼，但心情已经敞亮多了。

莫尔道嘎虽然只是森林中的一个小镇，但这里的街上有广告牌，有邮局，有银行，有加油站，有菜店，有水果摊，在山上仅仅三个月，许浩刚一进入镇上便觉得眼睛已经不够用了，无论见到什么都是那么新奇，又是那么熟悉，有家乡的味道。

陪许浩下山的排长没有那么多时间带许浩转，他得带许浩抓紧去医院镶牙。许浩的牙已经到了非治不可的地步，医生讲述了拔牙、制模、镶牙的一系列过程，许浩突然有点惊喜，原来治牙是这么费事的事情，是需要这么长的一个周期呀。从医生的讲述中，他知道了要想把牙治好，他至少要从山上再下来三次。许浩真的要感谢他的牙了。他又想起了他下山时几个同年兵眼中的羡慕，一下子又高兴不起来。

晚上，许浩住在莫尔道嘎。隔窗望着街上闪烁着的几家饭店的招牌，他恍若在人间。不知道在山上这三个月是怎么过来的。他似乎闻到了饭店里的酒味，街上烧烤的味道也在往鼻子里钻。可是他实在不敢跑到街上去，不是牙齿不提气不允许他吃，而是他穿了军装，他知道自己不是半年前的那个老百姓。而且，山上的战友们都已经进入了梦乡，他却在这里能看见光，能用上电，他还能再奢求什么呢。

许浩在莫尔道嘎待了四天才回到山上。他的心情变得大爽，因为他每天都去医院，也就是说他每天都可以走在街上，都能看见人。尽管都是陌生的人，但是他冲他们笑，露着一口雪白又很疼的牙。

他像是走在人生的春天里。实际上也真是走在春天里，6 月的时候，春风的脚步正步入这个林区的小镇，尽管山上的雪刚刚化尽。

回奇乾的时候，许浩给战友们买了一堆熟食和水果。这是奇乾不成文的规矩，不论谁下山，一定要帮助战友们购买一些生活必用品，当然是小件的，是方便携带的，也一定要给战友们带一些山上吃不到的东西回去。许浩归队了，像是打了一场胜仗，喜气洋洋，兴高采烈。他和同批兵不一样，他的身上似乎多出了一些荣耀，他是下过山的人了。虽然牙还有些疼。

同年兵不去问许浩的牙还疼不疼，也并不在意他的东西买得好不好。他们都急切地想让许浩描述一下离他们最近的有人烟之地是什么样。许浩得意极了，像是出国回来的一样，他把莫尔道嘎这个所有新兵入伍前连听都没听说过的林区小镇描述得像是一个大都会。

许浩描述的都是场面，没有人问他大小。如果真实地回答，他不知道应不应该告诉他们从莫尔道嘎的这头走到那头就是十几分钟的时间。

2013 年 10 月 1 日，隔了三个月之后，许浩再一次到莫尔道嘎进行第二个治牙环节。坐上中队下山的车时，他的心里又涌上了一点快感。如果不因为自己这个不算病但疼起来直要命的小毛病，哪能寻找到两次下山的机会呀。许浩都觉得牙齿不是在害他而是在帮他。他又一次看到了几个战友的眼神。那种眼神里没有同情，却分明带着一些嫉妒。山下，对于他们来说竟然是那么大的诱惑。

许浩有些惴惴不安了。他不知道是不是自己剥夺了别人生病的权利，占据了别人下山的机会。这一次在镇上许浩待得无滋无味，夜里睡不着，他想象着奇乾的战友们的生活状态，这个时候在干什么，那个时候在干什么。看着眼前的繁华，他却觉得自己是最孤独的。没有人和他说话，虽然人来人往，但没有一个人是他的朋友。如果在奇乾就不是这个样子，虽然那里人少，但心都离得很近。想找谁聊一会了就去找谁聊一会，即使不说太多的话，在一起听听收音机也能感到有个依靠。而在莫尔道嘎不是这样，他是独立存在于一个新世界里的另类。

再回到奇乾，他比上一次带回来的物品还要多。他在寻求一种心理平衡，他觉得自己在对战友们做一些补偿。

2013 年底老兵退伍上车时，许浩在岗位上。他看到了车上车下的人们哭得难舍难分，他在哨位上哭得声情并茂，丢掉了一个哨兵的威严。他知道，虽然早就在渴盼着早一点回到家乡，去种植和经营自己的南国梨园，但是真是轮到他退伍时，他会哭得最惨。因为他是一次又一次和奇乾做过短暂分离的人，他最知道奇乾在自己心里是什么样的地位。他已经在心中预演了无数次自己退伍时的场面。那一天来临，他不会克制自己不哭。一生中，可能只会有这一次放声去哭，反而感觉不是痛苦而是由着心性，只有这一次大哭，是不被别人取笑，而自己却感觉是一种幸福。

到 2014 年秋季的时候，许浩已经为了牙齿下过四次山了。他自己也感觉到牙齿一次比一次疼，是因为他早已经没了先前的幸福感，注意力又集中到了牙齿上的缘故。最早，他认为生了病离开奇乾几天也是一种幸福，只是后来在和奇乾拉开距离之后，他才发现，他和所有的战友一样，已经深深地爱上了这个中队。而更大的痛苦在等着他们，就是退伍，永远地离开。

退伍倒计时的牌子在心中一天一天翻动着，他阻止不了它一天一天地临近，但他知道他在奇乾的每一天，幸福其实都在叠加着，最后会叠加成一种回忆，带着幸福滋味的两年日夜。

5. 王俊峰午后的阳光和夜晚的时光

奇乾的狗多，爱狗的兵也多，但是狗知道有一个班长最喜爱它们，它们也像是通了人气，总往那个叫王俊峰的班长身边靠。

上士王俊峰没来呼伦贝尔之前，真的不知道什么叫作森林，什么叫作草原，什么叫作雪原。

王俊峰的父亲当过民兵连长，他最大的希望就是儿子的将来能够有一段真实的当兵经历，以此来弥补他只当过民兵的遗憾。可是家里有个亲戚对部队却是失望至极，因为那个亲戚入伍的时候正赶上“深挖洞、广积粮”的年代，从入伍就钻进了山里打山洞，一直到退伍，一条山洞还没打完。粮食都被“广积”去了，他们吃的是高粱米，打山洞还总伤人，有时还要死人，所以，经历给他留下的印象就是当兵就要吃粗粮、打山洞。他拿他的经历吓唬王俊峰。

老王家的小子不怕这些，他听自己的心，也听自己爹的。入伍年龄一到，就报名当兵来了。可是，到了部队他确实有些吃惊，这部队的条件怎么和亲戚说得差不多呀。地面上全是石子，连块水泥地面也没有，训练转身的时候，脚下的石子和人一起在转，站都站不稳。只不过吃得倒是还行。

王俊峰不仅仅是经历了其他战友感受到的冷，他还看到了另外一个细节。新兵下连在莫尔道嘎大队的时候，他发现营房内的屋顶棚相同竟然是用纸糊的，这只是他儿时存在的一点记忆，怎么可能在新时代的军营里复苏呢。

在奇乾的日子里，王俊峰一直很想家。尽管他是一个班长，但是当班长不影响他想家的心情，想家的心情也不影响他当班长。每天只要一躺在床上，他就会想起父母和弟弟妹妹。他的父母在拿到第二胎的生育指标后，一次为他生下了一个弟弟一个妹妹。这是他一直认为自己比别人幸运的地方，恰恰这也是让他最为惦记的地方。弟弟妹妹比他小十一岁，他们之间由于年龄的差距大，从来没有争吵和打闹。入伍之前，是他一直带着那两个可爱的小家伙成长。当他离开家的时候，刚刚上小学一年级的弟弟妹妹已经懂得了什么叫分别。父母的眼泪还没有掉下来，弟弟妹妹却哭出了声。但是王俊峰要做出大哥的样子，他不哭，只是哄那两个小家伙，可心里还是不舍。

王俊峰刚到奇乾的时候，他觉得脚被冻得都不好使，冷，确实冷。但是后来，他找到了一个打发冷的方法，就是晚上躺在被窝中想家。从新兵时开始，一直想成了下士、中士、上士，他的想家和别人不同，他有他的实质内容。

想家是王俊峰在夜晚填补孤独的方式。白天，他的业余时间和爱好是陪狗。

一次，中队下山买菜的车在山下拣到了一条出生二十多天的小狗。王俊峰一天天看着那条小狗长大，那条狗也看着眼前的这个老兵每天都在饭堂里拿出各种食物来喂养它的同类。这条小狗到来的时候，中队已经有了大黑、毛毛、二狼等诸多狗们。

那条小狗长得飞快，越长越大。十个月的时候，它已经出落成一条与众不同的狗，粗壮的四条腿踩在地上能够发出啪啪的声音，头颈处的毛发向四周蓬散着，像是一头非洲的狮子，而它的叫声有时大得吓人。每当中队后面出现黑熊的叫声时，它还敢冲出去对着林子大吼一阵。

每次看见这条大狗，王俊峰都感觉到它强壮得可以让人骑在身上，甚至在足球场上能够胜任一个好的后卫。直到有一天，指导员猛然意识到这是一只藏獒时，全中队的人才吓了一大跳。中队找到了一些藏獒的照片，一比对，果然不出所料。这下问题出来了，得赶快把这条藏獒送走，不然越养越大的它真的如同书上所讲翻脸不认人时，对战友们便是一个危险了。

藏獒被送走了。王俊峰虽然心中不舍，但也不能留下它。每天的午后，王俊峰还是要坐在炊事班的台阶上，一个一个抚摸他的狗们，只是少了抚摸藏獒的真实感。他在心里想念它。不久，王俊峰发现毛毛的肚子鼓了起来，不用多想，一定是那条藏獒的杰作。因为在这一群狗之中，贵为王后的毛毛平时只看得起那条藏獒。事实证明，毛毛产下的一对龙凤胎果然是藏獒留给中队最好的纪念。

一条像毛毛，毛色有些发黄；一条像藏獒，毛色黑油油。但是这两条狗结合了父母的优点，比毛毛强壮，比藏獒稍小。脾气上也是，比毛毛强硬一些，比藏獒温顺一点。这两条狗成了中队狗中的明星，也成为中队的一员。

这两条狗一直在王俊峰的关注下健康成长着。王俊峰觉得自己的快乐和这两条狗连在一起，每当看见这两个小家伙不到一年光景就长成了威风凛凛的大狗，他总会想起自己时隔两年未见的弟弟妹妹又变成了什么样。

午后阳光充足的时候，王俊峰就在台阶上坐着，他的身边围着四五条狗，分享着他手中的骨头和馒头。有时战友们从河

王俊峰和他的好朋友在一起

里捕到了鱼，王俊峰也会去拿上几条，让狗们尝尝鲜。

王俊峰是一个好班长，但他更像是一个狗王。只要他一给狗们开会，狗们就很温顺地依偎在他的身边。他可以让狗张开嘴，看一看它们的牙齿，狗也可以把舌头放在他的手掌上，让他感受到一种痒痒的温湿的感觉。

每个人和每个人的痛苦是不一样的，每个人和每个人的幸福也不尽相同。王俊峰把他的时间分割得有些与众不同，训练和执勤的时间，他是战士们贴心和信得过的班长。所有的饭后，他是中队狗们的生活料理员，是它们的保护者。到了夜晚，他让思绪穿林海，跨草原，一直回到自己的家乡，和弟弟妹妹在一起。他觉得他是一个最幸福的人，有梦想，有分享，有担当。

⊕ 狗们不用主动去讨，盆里的鱼都有它们的份

与生死的距离

你可以闻不到死亡的气息，但是你要知道幽灵就在这林中潜伏。你可以不知道生与死的距离，但是你要知道死亡在这里一直进进出出。

1. 秦大军看到树直直倒在眼前顿时傻了

森林官兵在火场一线作战，与死神总是在亲密地接触。翻看森林部队历史，烈士的名字会在几十人之多。一次次舍命扑救，他们不在乎这种真实的演出是否有人喝彩，即使是这样，他们也不在乎重复的危险一年年彩排。作为坚守原始森林里的奇乾官兵，这种危险也在陪伴着他们的军旅生涯。

庆幸的是他们虽然伤痕累累，却从未殃及性命。可是，总有死神与他们擦肩而过。

滚吧，死神！

2008年6月7日，乌玛一带发生森林大火，奇乾中队得令而动。一声令下，官兵们迅速地换防火服、携带装备、搬送给养……车队行驶了十个小时后，终于到达了火场。

不了解森林部队的人总是要问森林部队官兵面对森林大火时怕不怕。几乎得到的答案会是相同的，那就是不怕。说起来有些难以置信，森林部队官兵只要一见了大火就兴奋，就热情高涨。相反如果火太小，倒是一点也勾不起他们的兴致。这样说的意思并不是他们盼望着大火，而是他们的战斗热情是与火的大小成正比的。

每场火和每场火的地点以及发展态势都不一样，所以说每场火与每场火之间的可比性也不大。小一点的火，人到火灭，个把小时搞定；大的火，也有一两个月战斗起来没完没了的。但森林部队也好，国家林业局也好，都明白的一个事实是，大兴安岭千万不能着火。那里只要着火，便没有小火。

奇乾官兵下了车就开始向红红的火线直奔而去，火光就是召唤。可是不管怎样扑打，战士们发现熊熊烈火却是越烧越大。

俄罗斯界内的森林每年都在有计划地点烧，他们烧掉的都是地面上的小乔木，从而使得森林里没有更多的可燃物，一旦着了火，

⊕ 执行任务的途中，冰河里的水可以洗脸，也可以解渴

还来不及把粗大的树木引燃，可燃物已经成为灰烬。而中国境内严禁乱烧乱伐，森林内部结构比较复杂，错综交织在一起的树木搭成了一道木质的梯子。只要有一处着火，火便迅速地沿着木梯攀爬而去，立即引得周边都是大火。

森林官兵打火越打越勇的原因是，通常火是越打越小的，看着“敌人”一点点被消灭了，那种胜利感是非常强烈的。如果打火的间隙一旦休息了，没灭的火会继续发展，就会变得前功尽弃。所以说，森林官兵连续几个昼夜战斗是正常的事。

奇乾官兵从这个山头打到那个山头，已经连续奋战了四个火场，汗水早已经把衣服浸湿了，好多战士的手掌也起了水泡。而这时最为难受的是渴，眼前火光一片，背后汗水淋淋，满嗓子眼里都像是着了火。人的目光和动作都变得非常机械了，往前挪一下步子，都不知道是不是自己的。举起来的皮拖布在空中挥动的影了也变得有气无力。

直升机终于出现了，它盘旋在森林的上空，寻找着可着陆的地方。官兵们知道它运来了给养，尤其一定会运来救命的水。

秦大军脱下战斗装具想到直升机落地之处运一些物资，而他一点也没有意识到，一个巨大的危险正在向他袭来。就在他刚刚放装具时，一棵树根早已经被地下火烧透的大树轰然向他倒来。就在他还没有反应过来是什么在咔咔作响时，一个黑影带着巨大的声响迅速地横在了他的眼前，而脸上有一种火辣辣的感觉。那个时候，他还不知道横在眼前的是一棵大树，脸已被树枝扫破了皮。水箱碎了，丑陋不堪地朝着他努着嘴。秦大军却站在那一动不动，眼睛直直的。副中队长田旭峰目睹了整个过程，那棵树倒下得太突然，连一个摇摇晃晃的过程都没有，他还来不及去推一下秦大军，甚至来不及喊一下，它已经直挺挺地砸了下去。好在它倒下得太快，如果是慢慢地倒下去，正要往前行动的秦大军便可能被砸中了。田旭峰脚下像踩到了地雷，一个箭步蹿到了秦大军身边，他看到秦大军的脸惨白惨白的，什么表情也没有。他用力地摇秦大军，一边摇一边喊。秦大军真是吓傻了，无论田旭峰怎么摇怎么喊，就是一点知觉也没有，听都听不到了。

将近二十秒之后，秦大军好像从阴间又回到了人间，他转着呆滞的目光吃惊地看着眼前声嘶力竭的副中队长，又看了看眼前一米多粗的大树。他实在想象不出来这棵树是从哪飞来的。

田旭峰长出了一口气，他摸摸秦大军的脑门，差点砸死你！他的声音里带着一点哭腔，不知道是害怕还是由于幸运而激动。

秦大军终于说话了，在他逃过一劫之后，说出了第一句话，没事，我家还有一个弟弟呢。

火场其实就是战场，对手不是持枪操炮的敌人，但是它们却以一种狰狞的姿态存在着。火场也是生死场，走上这个战场的人，谁也意识不到会有什么样的危险发生，谁也不敢肯定自己就会完好无损地归来。但是他们就是那样乐观与勇敢地面对着。所以，在火场上，人与人之间就是患难的兄弟，就是生死与共的战友。

2004 年 7 月，当卜晨光在火场上背负着重重的装具前进时，指导员任文军在他的肩上轻轻地拍了一下，什么也没说，却让他热泪盈眶，温暖了很多。这只是一个微不足道的动作，这个动作没有具体的指向，它却包含着许多无法言说的内容，有“你是好样的”成分，也有“注意安全”的成分，又有谁能说它不包含“再见”的成分呢。

所以，当秦大军在火场上逃过一劫时，他迅速地想到了他的家。这个奇乾的普通一员想到了家里还有一个弟弟，仿佛这样他的父母便有人照顾了。他的家里还有一个弟弟，他的父母并不等于就减少了痛苦。在他醒悟的一瞬，秦大军就说出了这么一句轻松的话，实际上这句话说得有多么悲壮。生与死的话题他应该早就和战友们讨论过了，生与死的意义却独自埋在他的心里。

奇乾的官兵在一起从来不讨论生死，虽然他们总是在说“寂寞死了”“冻死了”“想死你了”，但是他们不惧怕也不逃避死亡。

2. 狄济云竟然饿得不知东西南北

几年前，狄济云退伍了。在老兵告别会上，有的老兵在回忆过往，有的老兵在展望未来，轮到他发言时，他感慨道，以后无论是吃什么饭，我都会珍惜，不浪费一点点。

狄济云讲这些话的时候，郭喜在一旁偷偷地笑，看来这个老兵是忘不掉奇乾给他的记忆了。

2008 年。北京奥运会即将召开，火炬手们在全国各地传递着火炬，燃烧的圣火让奇乾的官兵心里痒痒的，他们只能在不久的将来，在晚间新闻联播中获知中国选手夺取金牌的情况，但他们没有机会在电视中看到直播的画面，他们只会知道结果而不会知道过程。众所周知的原因是没电。

虽然看不上奥运会，但是奇乾的官兵们也要为奥运会做贡献。他们接到了确保奥运期间大兴安岭无大火的通知。请注意是“要确保”。

7 月，在距奇乾二百公里的漠河，一场森林大火着起来了。奇乾官兵闻讯而动。

那场火一直持续了七天七夜才收敛起它凶恶的面孔。

奇乾中队到达火场就投入了战斗。由于出发得太急，官兵们是饿着肚子上路的，到达火场就投入了战斗。打了一天一夜的火，后勤补给还没有供应上来，官兵们已经饿得迈不开步子。体力消耗实在太大了，坐在地上想站起来都非常费力。

第二天下午，中队让郭喜带着班里的六个人下山运些吃的上来。郭喜带着战士们下山了。身后是还冒着浓烟的火场，前方是不知道多远的后勤供应车。郭喜一边扎紧腰带，一边招呼着战士们注意脚下安全。确实需要紧一紧裤带了，郭喜他们已经感觉到了裤子在往下滑，一天多没有进食进水，人变成了一个空壳儿，轻飘飘的没有力气。

可是，还得尽快走，只有走到了供应处，他们才可以让肚子里有一点填充物。

塔头地是郭喜他们脚下最大的敌人。塔头在沼泽地中不规则分布着，看起来能踩上去落落脚，实际上它并不是很硬很实的落脚点，它的身子被草根裹着泥土立在水中，露出水面的部分长着青绿绿的草，看上去很是漂亮。但是一脚踩上去，塔头就会一滑，把人直接滑到沼泽之中。在塔头地上行走，极大地影响速度，若是绕开塔头在沼泽里行走，却又是深一脚，可以没到大腿根，浅一脚，却又没到踝骨处。正是由于不知道深与浅，走起来才提心吊胆。

郭喜他们没有办法，只有在塔头地里走，才能走出一条捷径，不然的话，他们不知道会绕出多远才能取到食物。

到了给养处，郭喜告诉战友们少吃一点，恢复一下力气抓紧往山上运食物。郭喜是有经验的，战士们都饿了近三十个小时了，如果突然进食太多，会伤了胃，再有，如果进食太多，一会儿，在返回的路上会影响行军速度。毕竟他们是负重而归。

火场上供应永远不会是热气腾腾的水饺，也不会是裹着一团热气刚出锅的馒头。感谢方便面吧，方便面，方便面，实在是方便的面！有条件时，可以煮着吃，没有条件时，还可以生吃。郭喜带着六个兵，每人扛着四五箱方便面往山上返了。

回去的速度显然快了许多。因为路熟了，因为每人吃了一点食物了，因为他们感知着战友们的饥饿。食物运到了山上，但食物还是少得可怜，每人只有一袋方便面，水还是没有的。

水没有，战士们自有解决的办法。他们会找到一些稍微低洼之处，刨出一个小坑，让水一点点渗出来，再用迷彩帽过滤着喝到嘴里。要不就是找到小河沟，趴在地上直接喝。哪里管得上干净不干净，卫生不卫生，宁可生病也不能渴死呀。

老兵王伟第一次上火场时，就曾被渴得差点绝望了。那天，满嗓子眼冒火的他看到殷中队长向他走来，他赶紧爬起来扯着干哑的嗓子喊队长。中队长看着他哭花了的“烟熏妆”问是不是渴了。王伟的眼泪流得更凶了，知音啊！中队长怎么看了我一眼就知道我渴了呢。队长笑呵呵地说一会儿请你喝咖啡，抛下句话返身就走。王伟刚习惯性地应答完，突然意识到队长说要请他喝咖啡。咖啡？咖啡！王伟被中队长的一句话整蒙了，是不是幻听了，他狠狠地掐了自己一把，还很疼，没错，中队长说请他喝咖啡，他三步并作两步追上中队长。

到了中队长跟前，一看不只是中队长，还有五六个老兵都围成个圈子蹲着，不知道神神秘秘地干着什么，王伟凑过头看了一眼，只见一个班长拿着水壶盖从地上的小坑里小心翼翼地捞着什么。是水！真的是水！救命的水啊！喜悦一下

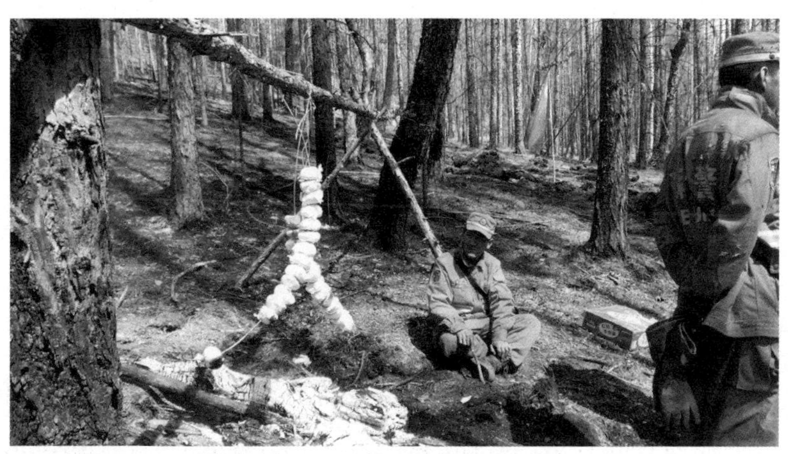

⊕ 这种野餐食品可能在退伍后再也不会吃到

子冲上了王伟心头，他有点想要欢呼了。中队长接过班长手里的水壶盖递了过来，王伟颤巍巍地捧过水壶盖，视若珍宝地看了一眼手中流淌的“液体”和星星的倒影，有种如梦似幻的感觉。别晃了，好不容易把沙子沉淀了。中队长在一旁说。王伟一怔，赶紧端起来一口干掉，嘴里响着沙粒清晰地打磨牙齿的声音，但是这都不重要，一股清凉的滋味如同暖流一般瞬间滋润了他的整个身体，麻木的神经也突然敏锐了。看着对面中队长和班长干涩的嘴唇，王伟突然意识到大家都还没喝水。中队长还是笑呵呵的，没事，今晚人人都有“咖啡”喝，说完自己又从小坑里舀出一点浑浊的泥水，递给了旁边的老兵。扑火战斗时的饮水问题通常就是这样解决的。

郭喜他们背上山来的方便面只能干吃，哪怕吃起来如同嚼蜡，哪怕咽下去时嗓子眼会感觉有无数个小钉子在刮，但这已经是战场上最好的美味。

可是狄济云却饿得实在走不过来拿取他的那份食物。郭喜冲他喊，狄济云，过来拿面。狄济云说我知道了。但他站起来却朝着另一个方向走。郭喜又喊，我在这呢，你往哪走。狄济云说班长我不就是往你那走呢么。郭喜再一看，狄济云的眼睛直直，没有了一点活泛劲儿，饿得连东西南北都不知道了，连他的声音在哪里都判断不清了，还没等郭喜走过去扶他一下，狄济云直接坐在了山坡的草皮上，人一下子滑到沟里去了。郭喜连忙拿着面，和另一个老兵一同滑到了沟底。

狄济云在沟底吃到了此生最好吃的一包方便面。也许在那个环境下吃过方便面之后，他这辈子再也不想吃方便面了。

接下来的几天时间，奇乾官兵在火场吃的还是方便面。但他们在吃方便面上，已经有了经验。狄济云嘴里吃的是方便面，但他想到的是水饺，是面包，是火腿，是他想吃的一切好吃的东西。很奇怪，方便面里真的有那些食品的味道。但是等回到奇乾，他再也不愿听到与方便面有关的任何字眼。

饥饿的感觉对于20世纪60年代的中国人来说，是许多人恐怖的回忆，但对于森林部队的官兵来讲，却是每个人的经历。

狄济云回到家乡，可能和家人谈起寂寞时家人体会不到是什么感觉，但如果说起饥饿，他们可能也不会相信，现在的部队还能让孩子饿成这样？

狄济云会和所有的奇乾官兵一样告诉你，在火场上，就是这个样。饿也能和死神离得很近。

3. 祁振欣坐在冰冷的床上听那些闻所未闻的故事

2013年，远在森林深处的奇乾开始引起媒体的关注。来自京城的各路媒体惊异地发现，在当今现代化的社会里，竟然还有着这样与世隔绝的基层单位，可谓是军中奇葩。因为他们听说过艰苦的地方有红其拉甫哨所，寒冷的地方有北极神哨，遥远的地方有三沙哨所，有的地方是没电，有的地方是不通邮，有的地方是没信号，但把艰苦、寂寞、寒冷等等不利条件集于一身，同时还要时刻面临作战的单位真还没有听过多少。但他们来到奇乾，听奇乾官兵讲述几十年来这里发生的一个个片断时，很多人竟觉得是听着另一个世界里的故事。

可是，这样的故事就曾在奇乾真实地发生过，只是无人知晓。

2013年的春节将至，《解放军生活》杂志的编辑祁振欣从北京辗转来到奇乾，他想采访一下奇乾的春节到底怎么过。

越野车把祁编辑送到奇乾时，这个在北京长大的编辑是做了充分的思想准备的。但是他没有想到这里的冷是他想象不出来的冷。人一动，空气似乎都在嘎巴嘎巴地响。室内的暖气倒是有些温度，但身上还是没有多少热乎气。房前屋后都被白雪覆盖着，透过窗户能够望到后山上白雪闪着耀眼的光。他想看一看战士们说到的狍子是不是会出现在山坡上，可是山坡也是一片雪白。只有一些樟子松零散伫立的山崖裸露出一些褐色。

在冷冰冰的宿舍，祁编辑听到了一个很早以前打火的故事。那是很多年前一个炎热的下午，空气中弥漫着松树上散发的香气，中队长带着战士们正在例行巡护。夏季的森林里，闷热得透不过气，像是在蒸桑拿一样，仅一会工夫，官兵们就出了一身汗，衣服湿透了贴在身上，散发出一股强烈的气味。这味道很让蚊子们喜欢，它们像幽灵一样在身边盘旋着。一不小心，就狠狠咬上你一口，再飞到树梢上细细咀嚼，而后再来一遍。

巡护已经把每个人的体力与耐心都耗光了，当官兵回到营区刚要痛痛快快地用冷水洗洗、好好地睡上一觉时，通讯员边跑边整理着装来向中队长报告，刚刚接到通知，阿巴河林场发生了火灾，上级指示中队立即出动。

阿巴河一带是北部原始林区野生动物重要的栖息地，有着珍贵的森林资源和野生动植物资源。中队接到命令后，立即吹了紧急集合哨。中队长整理了一下还没有脱下来的防火服，拍了拍水壶，早早地站在了集合地点等候队伍，很快全体官兵集合完毕，奔赴火场。经过一天一夜的长途行军，终于在次日拂晓抵达了火场。

火场环境并不是很复杂，处于林缘地带，但是地被物较厚，参差不齐的次生林稀疏地分布在火场周围，如果继续蔓延，很可能上升为树冠火，形成难以扑救的立体燃烧。经过勘查后，中队长决定点烧防火隔离带。战斗队形刚刚展开，由于气温比较高，加之天气突变，刮起了大风，火线由向西突然改为向南蔓延，火借风势蔓延速度越来越快，部队面临被大火包围的危险。情况危急，全体官兵面临生命危险，火魔张牙舞爪地带着噼噼啪啪的响声由远及近。很多战士开始慌了，不知所措地在原地打转。

在这千钧一发之际，中队长大脑飞速地闪过了火场紧急避险的所有方式，可是没有一种方法能确保百分之百的安全，汗水也从额头渗了出来。一瞬间，他想起来路上经过的一条小溪，虽然不够宽阔，但是加以利用应该没问题。他立即命令官兵快速收拾装具，向那条小溪跑去。各班长带领着本班人员和扑火工具奋力地往回跑，虽然跑了不足十分钟，但每个人全身都湿透了，汗水顺着脸颊，头发，衣服向下滴。那是一条不到一米宽的小溪，水深刚过脚面，但就是这样的小溪，成为中队官兵的救命之河。中队长命令四十多人全部趴到小溪里面，再滚动几下，把全身都浸湿了。

没一会，大火汹涌而来，呼呼的声响和噼里啪啦的爆炸声，越听越感觉恐怖，官兵们心惊胆战地把头浸在水中，感觉头发都奓了起来，心脏剧烈地跳动着，感觉喘不上气来。大火正在他们的身上掠过。官兵们感觉到了高温的炙烤，整个后背就像针扎一样疼。可是谁也不敢抬起头来，只能再使劲地把头往不深的水里埋，把身体蜷在一起，尽量减少身体与高温的接触面，使劲蜷，使劲蜷。

大火瞬间呼啸而过了。奇乾中队的官兵们抖了抖身上的灰烬，慢慢地从水里站起来，迷茫地你看着我，我看着你。短短几分钟时间，小溪两岸的树和草已经成为一片灰烬，他们像是从另一个世界回归到人间，一时竟然不知道刚刚发生了什么。

一个老兵率先打破了沉静，他说，要是没有这条小溪，我们就真的献给了这片森林了。

另一个老兵很乐观，这烟真他妈呛人，刚才我都闻到我被烧焦的怪味了。

祁编辑听着官兵们讲故事，他想象不出来他们怎么讲得那么轻松。再望望窗外的雪，他更是想象不出这森林着火时的样子。

2001年7月28日，奇乾中队参加了大兴安岭北部原始林区因干雷暴引发的特大森林火灾。到第五天时，全中队给养全部断了，中队长组织全中队集体翻挎包，把挎包里遗留下来的方便面集中到一起，五十六个人才仅凑出一小捧方便面渣，将就着做了两锅面汤。为了尽快补充营养，中队长指派六名身体条件较好的战士下山背给养。

这六个下山的战士要背回全中队的口粮，可以说负重都很大。有的背水，有的背烙饼，有的背罐头，有的背咸菜，平均每个人都有七八十斤重的负荷。从早上一直走到中午，也没有人停下来歇上一会，因为他们知道山上的战友们都饿着肚子呢。

汗水已经打湿了这六名战士的头发，像是水线一样从头上顺着脸颊往下流。突然，陈发明一头栽在了地上，带队的排长宝林跑过去一看，他已经被累昏迷了。大家七手八脚卸下他的背囊，使劲地掐他的人中，陈发明才是慢慢苏醒过来。看他醒了过来，排长连忙撕开一袋咸菜，把咸菜汤一点点倒进了他的嘴里，他这才慢慢地坐了起来。

祁编辑没有上过火场，他听着这样的故事很新奇。他问你们不是背了很多吃的么。可是战士们说，我们哪舍得吃，山上的弟兄们比我们更累，更需要这些口粮呢。我们多吃一口，他们就少吃一口。

那次下山背给养的战士走的是隔离带，隔离带上坑坑洼洼里的“咖啡水”早就让战友们扫荡干净了，他们渴得不行时，只能把舌头贴到水坑里面润一润。当他们追上在前面挖隔离带的战友时，已经是后半夜两点了，好几个兵还没有把背囊摘下来，坐在地上就睡着了。他们实在是太累了。

祁编辑在奇乾过了一个冷寂的春节，太冷，无法出门。没有电视，没有网络，只有几串零星的鞭炮便迎来了一个年。奇乾的新年都不带有多少生机和喜气，好像只是在走一个过程。他实在想象不出，这看起来安静的森林里，曾经发生而且以后还会发生那么多与生死有关的故事。虽然没有经历，但是他知道了生与死之间并没有多远的距离。

4. 李宾不愿意面对更多生死时刻

在大兴安岭的原始森林里，满眼望去，处处生机，挽手挺立的落叶松，迎风起舞的白桦林，映红山脚的粉杜鹃，生龙活虎的奇乾兵，好像看起来生机处处盎然，生机处处无限。可一旦疾病袭来，死神卡住官兵的脖子，一场生与死的争夺战便打得异常艰苦。

有的经历，当事者也好，亲历者也好，只要经历过一次便一生再也忘不掉了。

奇乾中队的军医李宾是在呼和浩特这个草原上的城市长大的年轻人，这个90后的年轻人到奇乾后就把自己的床铺安在了诊室的诊床上。每天夜里，这个一米八的大个子压在不足四十厘米的活动床上，连翻身也不能。他的理由是独居一处时，夜里打着手电看看医疗书能够方便一些。他要急着看一些，因为，到达奇乾没几天，他就听说了关于这片森林里的伤与病的故事。

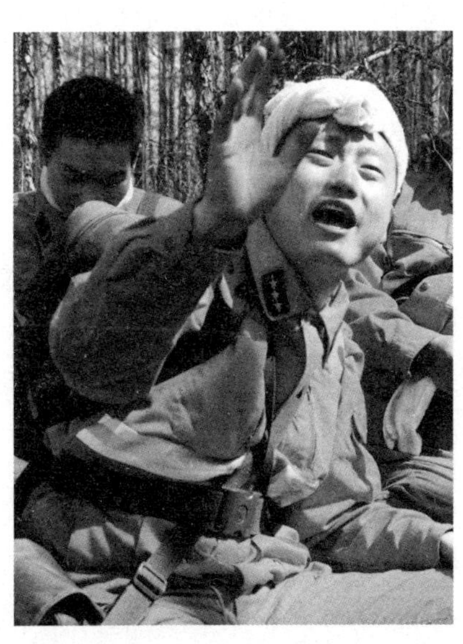

⊕ 白毛巾往头上一扎，不管唱的是不是信天游，李宾已经变成了西北汉子

2009年的一个冬夜。奇乾又飘起了大雪，纷纷扬扬的雪花从空中曼舞下来，很快把奇乾中队盖得严严实实，把中队和森林连成了一个真正的整体。

突然，中队的静谧被急促的电话铃声打破了。由于夜里的奇乾太过于安静，所以这串电话声传遍了整个楼层。

原来，奇乾乡的乡民二龙受伤了，需要中队的军医马上去帮助处理。

乡上只有二十几个人，常年住在木头搭成的房子里。说是一个乡，却没有乡政府，也没有办公楼，没有学校，也没有诊所，只要是那二十几个老百姓生了病，都是中队军医王国柱的事儿。时间一长，王国柱也成了老百姓心中的神医，成了乡里的救命医生。

王国柱带上医疗用品，坐上中队的车就向十公里外的二龙家奔去。山路上没有路灯，又下着雪，前面的路也看不清，在遇到一个冰包的时候，车彻底被挡住了。王国柱跳下车后，一看没有办法，对驾驶员说你自己想办法吧，我走着去了。

到了二龙家，王国柱一看二龙手上的伤口足足有五厘米长。肉都已经翻出来了，鲜血流了一袖子，一屋地。一问才知道是被玻璃割的。如果不及时把断了的筋接上，二龙就有可能终身残疾了。大雪天，又是夜里，往莫尔道嘎去，即使是顺利，天亮了也到不了，何况路上还一路冰包。但是二龙断了的筋正在往回缩，如果再不手术可能就无力回天了。

可是这样的手术王国柱根本没做过，只是在书上看见过。但是时间已经来不及了，二龙说我就交给你了，你看着做吧。二龙家里也没电，王国柱说你们把家里的蜡烛全点上吧，要不然我看不清。

蜡烛点上了，王国柱还是看不清伤口，他倒是看到了二龙疼得一头的汗。王国柱想起医药箱里还有几根蜡，也让二龙家人点了起来。然后又安排一个人专门打手电，照着伤口。在微弱的灯光下，王国柱一点点找到了二龙的断筋，然后一边琢磨着一边认真地给他缝合着。连王国柱自己也没有想到，他真的完成了这样的手术，他都觉得自己真的成了神医。

做完手术，王国柱一下子瘫坐在二龙家的炕上。他的心里一阵阵的后怕，这要是中队的战士受了这样的伤，送不到山下去可怎么办呀。他只知道把二龙的手接上了，不知道能恢复到什么样，能不能留下残疾。

在奇乾，要是慢性病还好办，往山下送来得及，怕就是怕急病。他们不是大医院里久经沙场的老大夫，他们只是刚刚走上医疗岗位没有几年的新医生，他们在经验上真的欠缺得很，遇到急难杂症有时真的不知道怎么办。哪怕奇乾的军医平时都很认真地在学习医疗知识，但他们的实际经验确实不多。

1980 年的春防期里，一个新兵突然发烧。中队仅有的点感冒药已经被他吃光了，也不见疗效。没有办法，战友们只好跑到河边的阴坡上找来一些还没有化尽的冰块，为他进行冷敷。这种物理疗法虽然让他的体温有所下降，但是人还

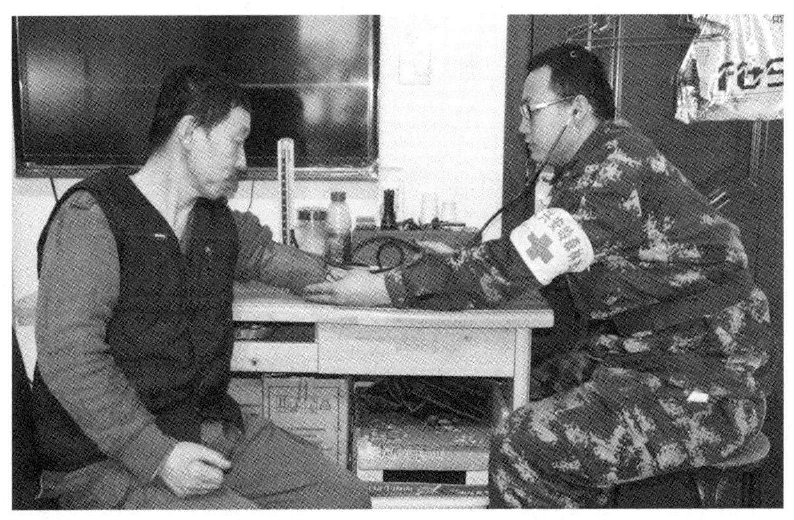

⊕ 神医就是在一次次看病中练出来的

是不见好转，眼见着已经烧糊涂了。不宜再拖，中队只好决定把他送下山，到镇里去治疗。

可是下山的路连便道也没有，又要翻山越岭，又要过河趟急流，山下山上变得特别的遥远，而死亡却是变得这么近。那个新兵似乎都已经看到死神正在向他伸出双手。

中队决定把这名新兵抬下山去。战友们纷纷请战，最后确定下来十四名身强力壮的战友护送病人下山。战友们深一脚浅一脚地抬着担架上路了。一路上，他们轮换着砍树枝开路，轮换着接过担架，人人都汗流浃背，每个人的肩膀上都压出了小馒头大小的肿块，有的肿块已经破掉了，露出了粉色的肉。到达医院的时候，他们的鞋子里灌满了泥水，衣服划出了口子，手脸都出了血。

从早晨六点半出发，一直到与接病人的车在山边汇合，这个担架队整整走了十一个小时，最后把病人安全地送到了医院。

多年以来，奇乾的战友之间都非常团结，最主要的原因就是他们是一个生死与共的团体，是一群同甘苦共患难的兄弟，谁也离不开谁，相互依存，相互帮助。

时间已经走过了很远，但只要是山上的官兵们谈起哪个战友病重、哪个战友遇困的事时，都会像是在谈论自己的事，时间、地点、人物，所有的要素都讲得清清楚楚。

共同在生死战场上并肩战斗，共同在森林深处倾听心事，他们就是一家人。

奇乾中队的军医就是这里健康与生命的守护神，因为伤病始终与这里的官兵相伴，所以军医是一个不可或缺的岗位。他是一个点，面对着全营官兵这样一个宽广的面。每一任军医要休假的时候，都要反复考虑他休假的节点上，还有哪个兵正生着病。有时，战士的伤病紧紧地拴住了军医回家的脚步。

李宾看起来像是一个大男孩，没有时间去品尝爱情的滋味，只有在一个又一个漫长的日子里，品尝着战士们伤痛的滋味。他没有像王国柱一样经历那么多的惊险，他不想经历，也不愿意奇乾再有这样的故事。他想哪怕一直在山上闲得无事，他也不愿意陪着战士下山。

奇乾的战士下山，除了探亲，就是看病。

5. 二狼在白桦林中安静地长眠

在奇乾中队，还有一种死亡和官兵们离得是那样近。

在很多武警部队、边防部队的中队里都有一些警犬，它们都有着战斗编制，享受着很高的伙食费，也执行着特殊的任务。奇乾中队的编制里，没有警犬，但是他们的生活中有，一群。他们只被称为狗，但是他们都有着战士给起的名字。

大毛、二毛、一狼、大黑……这些名字都很普通。奇乾官兵叫起这些狗的名字有一种很奇怪的感觉，从来都不像是在叫一个宠物的名字，而像是在叫一个人，一个哥们，叫得亲切，叫得自然，叫得没有距离。

有的狗呼哧呼哧地在院子里散步，有的在中队的走廊里进进出出，有的还在和战士们站岗，有的还在追着战士们出操。可是有一只叫作二狼的狗却不在这个行列了。奇乾中队被落叶松和白桦林包围着，二狼就在营院旁边的那个白桦林里静静地安眠。

二狼是哪一年到的奇乾没有人能说得清。它就像奇乾曾经的那些狗，在这里陪伴着官兵们的每一天，成为这个营区里除了官兵之外另一名战士。

据讲，奇乾中队的狗到了二狼已经是第二或第三代了，有时候它就躺在中队的草坪上晒太阳，有时候它会像发威似的狂吼几声，一副威武不容侵犯的模样。每天早上中队官兵一集合，它便会在楼门口大叫几声，仿佛也在集合它的子孙。二狼体形不是很大，但是它却是群狗的头。二狼身披黑白的皮毛，有两只永远挺立的耳朵，好像时刻能听到身边发生的事情，它还有一双灰色、闪闪发光的眼睛，时时刻刻巡视守卫着营区。

官兵们跑步，它也跟着跑，有时候看见一只“飞龙”（榛鸡，俗称“飞龙”），它会带着一家老小，发疯似的追着吼着，直到全身冒汗才打道回府。二狼很通人性，每当官兵们召唤它，它就会跑过来蹭你、舔你。不论白天还是黑夜，只要一有什么动静，它就会立刻出现，就像潜伏的哨兵，发现情况就会汪汪地大叫，或有什么野兽靠近中队，它会带上一群狗把目标给围住，如果接到攻击的命令，大战之后必有胜果。

战士有退役的时候，二狼也会有老去的那一天。生老病死是每一个生灵的命运，二狼当然也不例外。可是二狼却选择了一种悲情的方式和战士们告别。

那年，在森林穿梭了十几年的二狼终于不再矫健了，它时时刻刻都呈现着一种老态龙钟的样子。它不再凶猛地在林中追捕猎物，也不再听着起床的哨声跟着官兵出操。以往，官兵出操，二狼带着它的全家总要欢天喜地出现在队伍的最前面，有时甚至还要调皮地钻进队伍，恶作剧一样把整齐的队伍搞乱。现在，它终于停下了它的脚步，目光迷离地听着官兵的队伍依然番声嘹亮，看着那个队伍朝气蓬勃，但是它没有了追赶的力气。

战士们也发现了二狼的苍老。这个陪伴了他们多年的战友老得已经没有了牙齿，这个驱走了他们无数寂寞与孤独的老友已经没有多少力气站立。当中队下山买菜的车再一次要下山时，中队做出决定把二狼送下山，那里有兽医，那里的天气比山上温和，不能再让二狼在山上受苦了，应该给它找一个安度晚年的地方。

二狼被战士们抬上了“皮卡”，恋恋不舍地望着眼前这个熟悉的营盘。它和战士们不一样，战士们都是长大了参军到这里的，而它不是，它就出生在这里，就在这里长大，它是这里的主人。这么多年来，它盼来了一茬茬的新兵，又随着送行的队伍送走了一批批老兵，它在这里陪伴了他们独有的奇乾时光。它光滑的皮毛上，曾被战士们的手掌一遍遍爱抚，它的脖颈儿上曾有他们温柔的搂抱，它的嘴巴曾亲切地亲吻过战士的脸庞，而它也曾走进一个又一个战士的相册。它就是他们的好友，它就是他们的亲人。而这里，还有着它的子孙，毛毛已经长大，比自己年轻时还要强壮，它已经能够担当中队的狗王，能够带领它们那个群体和战士们一起出征。而自己，在送走了一个个冰雪消融的春天，一个个山花灿烂的夏天，一个个落叶斑斓的秋天之后，终于迎来了自己生命中的冬天。

二狼趴伏在车窗，将头无力地抵在玻璃上，隔着那一层玻璃，很多战士们还是看见了二狼浑浊的泪水潸然而下。几个和二狼感情颇深的老兵不忍心与二狼对望，默默地转过身去。

与退役的老兵告别是悲壮而不是悲伤，战友们离开奇乾是去开创一片新的天地，是把在奇乾汲取的力量到另一个地方去释放。他们在这里收获了成长。而二狼此时的告别，是悲伤，是一去不复返的苍凉。二狼留在奇乾的不仅仅是青春，而是全部的生命。

老兵们知道，二狼此次离开，就再也不会回来了。他们不知道它哪一天会死去，也不知道山下不了解它的战友们会把它葬在哪里，会不会把它当成一条无用的流浪狗而随便找一个地方扔掉。

车开动了。向着营区通往山外的那条路。二狼张着嘴，想叫，却没有叫的力量。它伸起一只爪子，无力地贴在玻璃上，像是一只表达着再见的手。远去的车，好像是二狼的灵车。

第二天，拉菜的车上山回来了。司机的脸上有些悲怆，他告诉战友们一个不好的消息：在半路上，二狼跳车了！他只看见二狼循着上山的路慢慢地踉踉跄跄地跑。

二狼跳车了！二狼往奇乾跑回来了！可是，一天一夜过去了，二狼却没有回到中队呀。战士们的心全都提了起来。

天又黑了下去，几个老兵在通往中队的路上走，天又要黑了，二狼呀，你到底去了哪里了。山里尽是野猪，尽是黑熊，而你曾经又是树敌太多。二狼到底在吃什么，又住在哪里……夜里，与二狼感情深厚的老兵又多了一项思念的内容。

一个老兵半夜从床上爬起来，摸黑走下楼去，问哨兵，二狼回来了没有？

没有。哨兵回答。

老兵望着没有一点点声音的无际森林，睡意全无。

如果二狼真的是死去了，战士们也便放下了一颗心，把它在心

⊕ 毛毛孤独地走在新修的栈道上，二狼就在这片树林里安眠

中安葬。可是不是，二狼跳下了车，不知道去了哪里。战士们只能焦急地等，他们相信二狼一定会回到这个它出生、它生长、它老去的地方。

第三天的中午，哨兵的一声尖叫让整个营区沸腾了。二狼回来了！

跑下楼的战士们把二狼团团围住了。兴奋么？没有！这哪里还是他们眼中的二狼呀。二狼拖着一条腿，好像残废了。脊梁似乎是断了，塌下去了。而以往黑亮亮的皮毛已经没有了一点光泽，横倒竖歪，戗毛戗翅，有的地方毛还一块块地脱落了。

二狼这些天去了哪里，没有战士知道，但是他们知道二狼一定是拖着那条残腿奔走在回家的路上，而这条路的尽头，有着它曾经陪伴的战友们。战士们也不知道二狼这些天吃了什么，但是却知道它一定是吃了无数的苦头。

二狼望了一眼奇乾的官兵，摇摇晃晃地向着它的窝走去。步履蹒跚，嗓音呜咽，目光迷离。

三天之后，二狼死了。这三天里，它就趴在家门口望着中队的队伍出出进进，但是它没有一点力气表现出兴奋和热情。倒是这种无力映衬着它的不舍与悲情。

中队的战士在营区旁的白桦林里给二狼选了一块墓地。那块墓地稍稍高出地面，不潮湿，水也淹不到。周围是亭亭玉立的白桦，像是陪伴二狼的伙伴。

有风吹过，白桦给二狼轻轻地唱着歌。

偶有闲暇，战士们总会提起二狼。有时路过，还要往它的墓上插上一些野花。

二狼对奇乾中队是有感情的，它生于斯长于斯。战士们对奇乾中队也是有感情的，因为奇乾不仅仅是他们成长的地方，奇乾还曾有一只叫二狼的狗陪他们度过很多时光。

人与生日日相连，人与死却并不遥远。二狼的生死告诉他们，可以死，死在那里是它的选择与最好的归宿。原因之一，就是它也曾深深地爱过奇乾。

与爱情的距离

爱情可以是霓虹里的手牵手，却并不一定是家乡与边关思念里的心贴心。爱情可以是深夜中的苦苦思念，也可以是遥望时的心心相通。

1. 王伟懂得爱情需要珍惜

在2014年的这个结点上，王伟和何洋洋是奇乾中队众多士官中屈指可数的已婚哥。

王伟是2013年6月结的婚，他的婚事搞得有些像打火，速战速决。一组数字可以证明，2013年1月探家时，战友给介绍了一个叫孙肖雪的姑娘，6日见的第一面，24日王伟休假期满回到了奇乾。4月30日，孙肖雪来到了奇乾商量结婚的事。6月18日，王伟和孙肖雪结了婚——这速度！从认识到结婚，半年。这个时间表也证明了王伟的优秀和孙肖雪眼光的独到。

在此之前，王伟处过一个对象，时间挺长，处了四年。那个女友把王伟折磨得够呛，她的脸像是七月的天，说晴就晴，就阴就阴。呼啦啦一下阴了，就在王伟还不知道用哪种方式劝一劝，正绞尽脑汁想法子时，人家咔嚓一下又变晴了。有时那张脸上正晴空万里时，唰地一下，又阴云密布了。王伟在一次次地被如此爱情折磨的过程中，明白了一个道理，我不想让你柔弱的肩膀扛起太多的负担，但你必须能够承担。要想成为奇乾兵的家属，必须得喜欢奇乾的生活，承认奇乾的现实，不然，“好戏”就会在后面连着台。就在一次探家期间，女友又突然生了气，然后不辞而别回了老家。结果刚到了家，又想起了王伟，非要让王伟再把她接回来。这次王伟终于把牌推倒了，你爱和谁“和”和谁“和”去，这牌哥们打不起，不打了。

第一段爱情结束了，王伟有了深刻总结，在奇乾找对象，必须得找一个理解他的，要不然就不处。因为从2006年来到这里，老兵们处对象的事他见多了。处对象时，时时觉得亏欠着人家，有了孩子，觉得让人家跟着吃苦受罪更是欠着人家的。所以，王伟暗自告诉自己，如果一旦自己处了对象，要处处让着对方一点。

奇乾官兵不是怕找不到对象，有时是因为在这里处对象太累。心太累。

孙肖雪是老家的姑娘，在齐齐哈尔市里的一家影楼上班。王伟和孙肖雪两人一见面，很对眼。以前，王伟一直认为对象不是找的，是碰的。经过这次实践检验，他碰上对心思的了。

孙肖雪比王伟小一岁，人却很成熟，尤其是对军人很理解也很崇拜。王伟给她讲奇乾，她不信。她说怎么可能艰苦到那样呢。王伟说你以后有机会去见一见就知道了。王伟希望她能够对自己的工作环境有个清晰的了解，只有了解才能理解。

刚入伍时，王伟有可能应征到哈尔滨，但是他觉得走就离家远一点，可那年齐齐哈尔的兵除了去黑龙江省就是内蒙古了。王伟就这样到了一个他想去的远一点的地方。

从莫尔道嘎到奇乾的路上，王伟下车方便了一次。在黑龙江长大的他没有想到大兴安岭森林里的雪竟然会是他从来没有见过的大，人刚一下车，雪一下子没到了大腿根。王伟心一下凉了。这是个啥地方呀。

到了中队，电话打不出去，只能写信。王伟是比较喜欢在信中表达情感的，通过信把自己的问候送给家人与朋友。他认为写信能够缓解情绪，解除忧愁，练习写字，总之，他把写信总结出了许多优点。但是他还是发现有的战友并不是太爱写信。

信只能在中队的车下山买菜时才可以寄出去，当然，下山的车也能带回来了一些回信。王伟曾创纪录地一次性收到了三十九封信。最开始他还没有经验，随便拿起来一封就读，但是接着读同一个人来信时他总会糊涂，几封信中讲述的情节和故事总会在感觉上出现差错。很快他就发现他把时间的先后弄错了。于是，他再拆信时先仔细地看邮戳，按时间排好序。

在奇乾，只有不愿意写信的兵，没有不愿意收信的兵。信对于奇乾兵来说，是联系外面世界的唯一渠道。王伟把每封信上撕下来的封口都认真地保存着。

2008 年，莫尔道嘎电信公司在中队的后山上安装了信号接收器，中队也装上了卫星电话。但是收费太高，信号太差，中队规定每人每周只能打五分钟的电话。

中队的条件在改善，但是艰苦的岁月王伟还是赶上了。这些故事他只是装在了心里，他对父母从来都是报喜不报忧。他也不想和孙肖雪讲述太多奇乾的艰苦，讲多了人家不信，

⊕ 山上有了信号站

还是让她来眼见为实，这样才能更深入地了解。

2013 年，五一临近。王伟打电话告诉孙肖雪山上的雪化了，杜鹃花也快开了。听到了王伟的召唤，孙肖雪高高兴兴地来了。

虽然仅仅是在年前相识的，但是通过和王伟半个月的相处，加上几个月的联系，孙肖雪已经做出了一个重大决定，她要嫁给王伟。这个男人懂感情，重感情，知道过日子，知道心疼人。所以，没有过多犹豫，她来赴约了。实际上也是要谈一谈婚事。

4 月 30 日，孙肖雪来到了奇乾。那时，来奇乾的路已经冰雪消融，漫山遍野散发着春回大地的讯息，在朝阳的坡上，杜鹃花正在努力地往外吐着粉红的花蕾，落叶松的枝上已泛出了点点嫩黄。路途虽远，孙肖雪的心情还算是愉悦的。她知道在路的尽头，有一个叫王伟的士官在望眼欲穿地等着她。

王伟和孙肖雪在奇乾相聚了。爱情的小溪正和中队后面那条解冻的阿坝河共同泛波。王伟从来没有觉察过奇乾的天空竟然会是如此的湛蓝。在全中队的官兵中，他是唯一一个正在恋爱的人，他觉得处处都是火辣辣的目光在注视着他。

那天的夜晚，王伟不知道孙肖雪睡得怎么样。躺在班里的床上，他很是难眠，他猛地发现，自己睡了这么多年的床会是如此冰冷，在漆黑的夜里，他会是如此孤独。

第二天孙肖雪醒来，真切地体会到了王伟在夜里的感受。她没有想到在奇乾她会是如此孤单如此可怜。因为当她醒来想要找王伟时，一个兵告诉她，王伟跟着部队上山打火去了。

早晨四点三十分，中队接到伊木河林场着起了大火的通知，不等天完全放亮，中队就急忙出发了。作为副班长的王伟当然在出征的队伍当中。

没有告别，没有留言。王伟风一样地走了。营区里空荡荡的，不见一个人影，只有两只狗在操场上懒洋洋地走动着。孙肖雪不知道自己现在何处。连家的方向都不知道。这个森林里的营区空寂极了。

早饭是和两个留守的战士一起吃的。孙肖雪和他们不熟，不知道该说点什么，吃过了饭又回到宿舍她不知道该做点什么。她在影楼工作，看见过无数的人拍各种造型的婚纱照，每次修剪那些照片时，她都要美美地想自己婚纱照的样子。在来奇乾的路上，她也不止一次地想象着和王伟的婚纱照，可是现在，只剩下了她一个人，她连合照的对象也没有了。

孙肖雪觉得不能再在奇乾这样无限制地等下去了。想象不解决任何问题，她得抓紧回去。因为她听王伟说过，到了火场，一点信号也没有，也不会知道一场火要打到什么时候。她得回去上班。她不抱怨王伟的工作，她只是埋怨王伟的没有告别。孙肖雪找到了军医，让军医想办法把她送下山。

军医说那不行，你来了刚待了一天就走，王伟打完火回来了冲我要人怎么办，我得把你照顾好。

军医词用得很好，用了一个“照顾”，实际上就是看住。如果一旦让孙肖雪生着气下了山，接下来的就是失望，再接下来就不知道会是什么样了。因为他知道王伟是一个对爱情认真的人。

5日，王伟和中队打完火回来了。山上的火灭了，王伟的火却焦急地烧起来了。一看孙肖雪嘴角的一个大水泡，王伟就知道这些天让她操心让她着急了。孙肖雪一看王伟这五天的光景弄得连个人样也没有，蓬乱着头发，憔悴的神情，一句埋怨的话也说不出来了。

两个人接下来要谈的当然还是婚姻大事。谁让他们真的相爱了呢。

又过了一天，王伟打听到了修路队有一辆车要下山办事，他对孙肖雪说，反正你也要回去了，正好有个顺路车，要不然就不知道什么时候再有方便的车了。王伟让未婚妻搭上顺路车下山了，心中却有一百个不舍。

6月，王伟和孙肖雪趁着休假把婚事办完了。两个人忙得连婚纱照也没照成，王伟像是又遇到了火一样对孙肖雪说，时间太紧，我只有这几天假。

办完婚事，王伟说咱们出去旅游一圈吧。孙肖雪说，我也没出去转过呢，咱俩去大连吧。

孙肖雪和王伟讲过，她听别人说大连开发区里有个发现王国。那个游乐场特别刺激特别有意思。王伟知道他马上就要回部队，再见到妻子还不知道是什么时候，对她说，只要你愿意，我能陪你的时间我全陪你。

王伟陪孙肖雪把发现王国里的过山车、海盗船、冲浪等等几十个玩场玩了个遍。王伟一边陪妻子一边告诉她，只要你愿意。

2013年底，王伟的父亲对王伟说，中士你也干完了，又结了婚，退伍回来吧。

王伟问妻子是什么想法。孙肖雪告诉他，你愿意转就转，只要你愿意。

王伟没有退伍，他说，中队的所有建设我都参与了，中队的所有发展我也见到了。我对奇乾有感情，只要奇乾需要我，我就在这里。

面对爱情，王伟知道珍惜。面对奇乾，王伟更知道珍惜。王伟离奇乾很近，离爱情更近。

2. 贺虎林在获取爱情上用了高明战术

爱情历来是一项伟大的工程。军人的爱情通常又总因为距离而曲曲折折。贺虎林当兵时见惯了中队干部的爱情，深懂其中的奥妙。

2006 年，在警校上学的贺虎林放了暑假。他到武汉天河国际机场去看妹妹。当天，他在妹妹宿舍的走廊里遇到了一个漂亮的姑娘，凭直觉眼前这个姑娘还没有对象，贺虎林心中腾地燃起了一股火苗。不管成不成，就找这个了。实际上，那个时候正在有人给这个姑娘介绍着对象，她也只是见了两面，还在举棋未定。

第二天，贺虎林要给妹妹过生日。妹妹说还没到生日呢。贺虎林说那我先给你过一个，免得以后你过生日时我不在家。贺虎林忙活了一下午，端出了一桌亲手做的好菜。妹妹张罗开餐，当哥的却有话了，人少没意思，把你隔壁那个姑娘也请过来呗。妹妹有些为难，我跟她也不是多么熟悉，怎么请？贺虎林有他的理由，出门在外都不容易，多处两个朋友以后互相也有个照应。

那个姑娘很开朗，大大方方地赴宴来了，一点也没有意识到自己已经被一个小伙子喜欢上了。整个饭桌上，贺虎林都在讲做菜的技巧，他是在有目的地告诉姑娘，我会做菜，一个男人会做菜对女人来说也是一种诱惑。姑娘不明就理，也一个劲儿地夸好吃。一般有修养的人都会这样做，不管人家做得好吃不好吃，吃着人家劳动成果时自然都会说好好好。

姑娘吃过饭离开了。第二天，贺虎林到街上买了一个拼图画，整整一下午时间，他敞着门，唱着歌，把上千块小图板拼成了一个大画。贺虎林拿完成的作品征求姑娘意见。姑娘瞪着水灵灵的大眼睛说好，挺好。姑娘又知道了贺虎林还会拼画。同时，姑娘又发现了贺虎林竟然穿着警服，哟，是个军人呀。

贺虎林把能展示的本事三下五除二地在最短时间展示出来了。第三天，贺虎林找姑娘要手机号，理由很充分，以后我有急事找不到我妹妹时，可能得打你电话。

暑假很快休完了，贺虎林又回到了学校。第三天，那个姑娘接到了贺虎林的电话，很奇怪，问有什么事么。贺虎林说没事呀，就是想给你打个电话。

贺虎林就是要把握住自己的机会。他还不确定那个姑娘有没有对象，自己就开始向目标努力了。又过了几天，贺虎林又给那个姑娘打电话，结果是欠费停机了。没容考虑，贺虎林立即给那个姑娘交上了手机费，然后再打电话，通了。姑娘很诧异，已经欠费了，你怎么打进来了。贺虎林说，我给你交上费了。

此时，那个姑娘明白了，鬼精鬼怪的贺虎林不是无意闯入她的生活的。这么一回味，她才发现，贺虎林早已经把自己的职业、年龄、家庭情况告诉她了，性格、能力、爱好等等也都展示给她了，只是她当初没有在意。姑娘发现，这个男人已经走进了她的生活，走进了她的心。若是几天没有接到他的电话，真还是想听听他温和地讲着故事，爽朗地开着玩笑。

后来，姑娘很久没有接到贺虎林的电话，心突然疼了一下。她终于承认自己爱了。只有爱上了一个人，才会有痛感。如果只是甜的回忆，那只是喜欢。

贺虎林的战术很成功。在毕业的火车开往大兴安岭之前，他搞定了自己的爱情。但是他却没有想到，他在未来的日子里会和爱人爱得那么艰难。

2008年秋天，贺虎林要准备结婚了。亲朋好友都知道了这个好消息，他也提前一年订好了婚宴。谁知结婚的日子刚临近，贺虎林接到了支部书记培训的通知。凡是刚上任的指导员都要参加培训。不能提了职就高兴，让参加培训就抱怨呀。这不是贺虎林的为人。饭店经理讲，不举办婚礼了是你自己的事，定金是不退的。贺虎林不愿意多废话，人家不想给你退钱，有一百个理由，理论是理论不通的。不退就不退吧，但是得跟未婚妻商量呀。

相处两年多下来，未婚妻早就了解了贺虎林。推迟就推迟吧，也没别的办法。

未婚妻问，那推到什么时候呢？

贺虎林说来年正月吧。那个时候还没到防火期，正是他可以休假的时候。未婚妻说好呀。

那是冬天，寒冷的冬天，贺虎林在想象着爱情，用爱情温暖着自己，也在等着正月的尽快到来。

当正月终于又到来时，还没等贺虎林提出休假，支队又来了通知，让他参加森林部队的政治教员授课比武。贺虎林不太情愿，他实在想尽快把婚结了。因为大兴安岭离武汉太远了，他觉得早点完成一件人生大事，早点更安心。可是支队领导的一句话让他把话咽了下去。咱们支队好几年授课比武都没有名次了，这回你得上。

贺虎林还能说什么，人家支队把你当盘菜了，你不能说自己端不上桌吧。结果是婚又没结成，另一个结果是他通过比武成为森林部队的优秀四会政治教员。

贺虎林还急着结婚。他又打了报告，他不想让别人拿他屡次推迟婚期当先进事迹讲，他觉得那不是一个人的本事。结果假刚批下来，中队的一个干部突然遭遇了一场事故，作为指导员他当然不能转身离开，他又投入到了后事处理之中。

2009 年 2 月 26 日，武汉的街头下着小雨。贺虎林拉着未婚妻的手进入了婚姻登记处。登记人员问贺虎林，咋不选个好点日子，这雨天怎么来办证？

贺虎林不想解释，心中合计只要能把证赶快给办了就比什么都强。他的假期太有限了。

3 月 5 日，贺虎林的婚礼终于举行了，但真不能用如期举行来形容。这个婚礼让他几年之后还在感叹，他基本上回忆不出婚礼的细节，只记得很忙，像是在部队打火一样。

8 日，结完婚贺虎林坐飞机往部队赶。他要让飞机帮他抢回在家耽误的时间。坐在飞机上，俯瞰着窗外的悠悠白云，贺虎林觉得和妻子心贴得越来越近，人却是越去越远。

多年之后，妻子到奇乾看一看贺虎林的这个“家”，走时扔下一句话，这里鸟都不拉屎！

温柔的妻子说出了这样的一句话，贺虎林心里一怔，他突然发现，他离家确实太远了。然后贺虎林很庆幸自己在来奇乾之前，就完成了恋爱伟业，要不然在这里真不知什么时候爱情鸟才会光临。有时他看着中队一帮大龄青年在遥望与想象爱情时，他的心中总会泛起一层层的波澜。

奇乾是一个可以想象爱情的地方，但这又是一个不适合爱情生长的地方。这里男人的肩膀扛不住女人浪漫。

3. 何洋洋让战友们悄悄地羡慕着

奇乾是战士的家，但不是战士们的家乡。

家与家乡是有区别的。家是生活和生存的地方，它是一个微小的单元，而家乡由父母、亲人、土地和情感记忆共同组成。

奇乾不像是内地，不存在“军民共建”这个词。他们想要去共建，可是生活的空间里没有与他们“共”的人，所以也无法去奢想“建”的内容。于是，这里官兵的爱情都在遥远的异处。

到了奇乾开始新生活的何洋洋，每天晚上躺在床上时，有电无电和他没有多大关系。只要一上床，他的眼睛就要闭上。不是有多困，而是一天终于要过去了，他终于可以得闲下来想一想遥远的故乡。

何洋洋和别的战友们不太一样。爱情没有离他太远，他的心里有了人，那个女人在故乡。

何洋洋是一个比较现实的人，朴素中带着生活的智慧。他很早就想清了自己的婚姻，要趁早解决，不能太挑三拣四。何况是在一个离家那么遥远的地方，年龄在那摆着，不允许他有太高的奢望。只要有一个健康的善良女人死心塌地和他过日子就好。结果，在一次探家时，真有那么一个女孩子看上了他。

女孩在县城里当护士。很温柔。冰天雪地里的何洋洋心中开始盛开了爱情的花朵。

何洋洋到奇乾的时候，战友们突然发现了中队这里有时会有电话信号。最早是一个排长突然接到了一条短信，他惊奇地发现奇乾已经可以和外界联系了。只是那个信号实在有些折磨人，时断时续。没有办法的时候，奇乾的官兵想出了奇乾的办法。他们把电话调到免提后，一点点找信号，一旦找到了一个稳定的信号就把手机挂在树上，仰着头对着树干喊。可是有时风一吹，手机一动，信号又没有了。

何洋洋和女友的联系方式有两种。一种是电话，时断时续。一种是回忆，绵绵无期。躺在床上的何洋洋能够想象出和女友在一起的所有细节，包括每一个眼神。他在品读这些细节的过程中，明确无误地捕捉到了一个信息，那个女孩是个难得的女孩，是一个要和他认认真真生活的女孩。

在电话的时断时续中，何洋洋和女友的感情却是与日俱增。终于有一天，何洋洋向她提出了结婚的请求。女孩对这个精干且会过日子，朴实但不浪漫的男人很是钟情，幸福地答应了。

可是单位的工作节奏不允许他马上结婚。在何洋洋提出结婚的那年冬天，按要求全中队只有卜晨光和他符合带新兵的条件。没有办法，得把工作往前放，何洋洋去了新训队带兵。不知道何洋洋在那一个寒冷的冬季是如何在渴望婚姻中度过的，总之三个月后，他带着一伙素质过硬的新兵又沿着他曾经走过的路，从草原上的新训队奔赴到了冰雪覆盖的奇乾。他可能在新训的过程中，已经把自己的逐梦之旅讲给了那些后来者。

2011 年夏天，何洋洋抓紧时间回到老家把婚匆忙地结了。

以往回家，何洋洋总是觉得时间有些宽裕，可是一结了婚，他猛然间发现生活已经发生了质的改变。一个真实的女人热火朝天地闯进了他的生活，他更多的精力转移到了对未来的畅想之中。两个人在一起计划着美好的生活。可是计划归计划，他已经转成了上士，还有三年多的时间才可以退伍，而现实是家中的爷爷患上了淋巴癌，急需要有人照顾。生活的劳累不容许他俩再有更多的浪漫想象，老婆辞了职，正式加入到了何家的生活。但是何洋洋却在几天后，从温暖的被窝中抽出身躯，重归他的高山他的林海。

以前的归队是两个人拉开一点距离，还有谈天论地，观山望水。可结过婚就不一样了。何洋洋觉得老婆成了一件小棉袄，暖暖的。

从离开奇乾到回归奇乾，几千公里的路加上完成人生大事，何洋洋只有十五天的时间。他离开家归队那天，刚刚结婚四天。在乡里到县城的一个多小时的路程里，老婆紧紧地靠着他。两人就那样相依相偎在一起，没有语言，但是一切都在彼此心里交汇着。十指紧扣在一起，一个生怕另一个飞掉了。何洋洋是幸福的，因为他知道他在奇乾的五十多个战友中间，只有他一个人结了婚，他将会多么让人羡慕呀。从此，无论在那个多么寒冷遥远的地方度过多少个春夏秋冬，他的心都将被爱情真切地温暖和包围着，他的心都会被一个人牵挂和占据着。他喜欢夜的黑，在那个黑黑的夜里，他的眼里、心里都是舞动着的光亮，幸福的光亮会照明他的路，会驱走他的孤独。

在县城的汽车站，何洋洋和老婆分手了。还是没有过多的语言，眼睛却是无尽的难舍难分。这一别到再见，可能又要到一年之后。一个在家乡的黄土地上痴痴地守望，一个在遥远的边关忙碌奔波。一年说起有四季好像是短暂的，但要是一天一天地数到三百六十五却又是漫长而可怕的。老婆新婚的发型还没有多少改变，脸上还洋溢着新娘的喜悦。但是他的新婚却是转瞬即逝，转身又复归到平常的日子当中。从书上、电视中看到的蜜月竟然像是传说。

何洋洋坐汽车到兰州，再从兰州飞到呼和浩特，再飞到海拉尔，然后再转火车到达莫尔道嘎，他没有太多的钱，但是他舍得坐不能报销的飞机，他把路途上的时间节省下来给了爱情。

何洋洋给战友们带回了老家最好的糖。他告诉战友们，哪怕距离再远，只要有信心，爱情离我们并不远。

但是想归想，现实的距离还是有些远。何洋洋从和老婆分开之后，想的就是回到中队赶快给她打电话报平安。一路上，他最怕的事就是中队的通信讯号出问题，千万千万别出问题。结果，一到中队，刚掏出手机，战友们还没来得及送上给他的新婚祝福，就先告诉他，信号真坏了。

天啊——何洋洋好像一下子不知道老婆在哪里了。他有点愣愣地想，自己真的结婚了吗？自己真的在五天前结婚了？

4. 卜晨光村里的小芳

奇乾的日子说精彩也精彩，有火光冲天的战斗，有波澜壮阔的训练。但更多的日子是为了生存而日复一日。在这样的时光里，几乎所有的战士都沉浸在写信的冲动与等信的渴望之中。

曾经有过这样的故事，大雪封山，一个老兵在孤苦的时候给家人和女朋友不停地写信，他把所有的思念与内心的孤苦都付诸笔端，结果当春暖花开，山上山下又恢复了通信，又可以联系外界时，他面对前眼的一大堆没有办法邮出去的信，只觉得那些信已经失去了原来的意义。因为春暖花开，他的心也随之冰雪消融。他把那些信付之一炬，只是在烧掉那些信之前，他好奇地用秤称了一下，一斤九两。暂且不知那个老兵在信中说出了多少心中的沉甸甸，光是这信的重量就可以看得出大雪封山之后，官兵被积雪裹住的目光中到底蕴含着多少倾诉的欲望。

卜晨光和所有的战士一样，融入奇乾之后，便也迅速地融入了一个等信的队伍。

每次，下山拉菜的车刚刚拐进中队门前的小路，张望许久的官兵们总会有第一个发现归来车辆的人。一声惊叫过后，中队的门前便会云集一帮子人。有的是直接去车上找，有的则是去问，而那些内敛的则是站在一边等，怕是受不了失望带来的刺激。

卜晨光为了能够收到信，他开始给一个女孩写信。那个女孩是村子里的一个姑娘。就像是20世纪90年代风靡一时的《小芳》里描述的一样。村里有个女孩在卜晨光离开学校的那段时光里曾经给予他若有若无似远似近的关怀。

没有过花前月下，更没有卿卿我我，当然，也谈不到眉目传情。家与家的距离不算远，但没有过青梅竹马的浪漫；年龄与年龄也是相当，但不是两小无猜的亲近。在回忆过往的时光里，卜晨光找不出一个具体的例子来证明两个人的关系，也没有一件事可以找出他们两个人相识的起源。但是他能够感觉得到，他曾经有意无意避开的身影可以被用来回忆，可以让他在寒冷的北纬52度寻找到一点点家乡的温暖，还有亲近的欲望。

卜晨光在犹犹豫豫的语气中问候那个女孩一切可好，打听着那个女孩的工作，过问着她的健康。他有些不知道写信的目的，原因是他写信时确实没有目的。原因只是日子太过于寂寞，那个女孩不知道他身处的环境，也不知道他写信时的心境。

信中都是不急不缓的方块字，信中都是不温不火的平常话，信中都是可有可无的平淡话。可是日子就在写信的过程中一点点流逝着。信一直在写着，没有规律。内容也没有实质的进展。卜晨光不知道他写信的对象为什么是她，也说不清为什么就是她。后来，他觉得可能除了这个女孩他再没有什么可以记得住的同学，而这个女孩确确实实是用目光询问过他所有的抉择。诸如他为什么辍学，他为什么当兵。他给不出惊天动地或是让她足够信服的理由。但是他能够感觉到，那个女孩对他没有拒绝。

信件的来来往往中，时间一下子过了好几年。信件中，还是正常的问候，还是正常的聊天。一点“跑偏”的内容也没有出现。卜晨光清晰地感知着那种状态。只要他把一个想法或是一个感觉说给那个女孩，那个女孩会做出她的选择。可恰恰是他不能说出来。在一个几千里之外的原始森林里，他给不了女孩任何的承诺与依靠。在这里，入得伍来，只有到退得伍去，才有可能和社会接触到，而他却要在这里，一直往前走，他相信凭借自己的努力会走出一个昂首挺胸的世界，但他不知道那一天会什么时候到来，那一天是要沿着用时间垒成的台阶才可以走到的，而那条由理想之光召唤出的路有些遥远。他渴望有人陪伴，但他不知道怎么让别人陪伴。

信，越来越少了。没有缘由的少了下去。不知是从森林这里开的头，还是由家乡那里开了头，总之越来越少。开始信像是麻雀，有点密密麻麻的感觉；后来像是喜鹊，一个月两个月才出现一次；再后来，变得像是候鸟，一年能出现一两次；再再后来，信件像是热带的鸟类，定居在他想象的深处。谁也没有和谁告别，谁也没有说出再见。两个人都彼此消失了。

卜晨光翻看过那些旧信，一切都呈现得很清晰了，但是谁都没有说什么。信中的那个人好像在另一头一直等待，等待一场大幕的拉开，然后不用再以等待的方式进行厮守。可是这场演出就像是奇乾的电视，当你看得正热闹时，中队突然停电了。一切又恢复到了先前的状态。

当卜晨光成为一个老兵的时候，在一次探家中，他在村中遇见了那个女孩。她已经怀里抱着一个幼儿，不知所措却又十分坦然地向他走来，然后擦肩而过。卜晨光看着那个想象中熟悉而现实中陌生的身影时，他真的想象不出早些年自己盼信的日子里到底盼望的是什么。

《小芳》的故事讲述着一种别样的忧伤，卜晨光在他亲切而又陌生的村子里来回穿越于原始森林和现实情景之间。

当成为上士时，当别人都在为婚事焦虑不堪时，卜晨光却是笑呵呵地审视着别人梦想的爱情。回想着在中队一次次扑火的战斗，徘徊在自己一手修筑出的一道道风景里面，他觉得自己好像已经真实而彻骨地经历过爱情，已经洞悉爱情里面的所有秘密，但是他却说不出他爱过了谁，是谁让他品尝了爱情的滋味。

叶子落了又长，绿了又黄。当一片片落叶飘去，覆住所有的日子，卜晨光把关于爱情的一切都藏在了叶片下面。他等待又一年的到来，在下一个年头里，他的爱情也许会像枝头的芽，重新生长，但它绝不是原先的模样。

卜晨光的爱情因为没有开始，所以便没有结束；卜晨光的爱情因为没有痛苦，所以只有甜蜜；卜晨光不知与爱人的远近，他却在深山之中知道了与爱情的距离。

5. 王俊峰已经盖好了迎娶新娘的四间房

离家的距离不等于爱情的距离。

爱情有时是浪漫的，有时又是实实在在的。有时爱情是精神上的，但有时爱情就是物质上的，可以看得见，也可以摸得到。王俊峰把工资攒得十分认真和仔细，他在认识了刘燕之后，就想盖一座给刘燕遮风避雨的大瓦房。

王俊峰的夜晚有些漫长，他总会想起双胞胎弟弟妹妹。一想起弟弟妹妹他就有了责任感，他不能拖累父母，父母要照顾弟弟妹妹上学，还要管他俩的成长和婚姻，他是家中长兄，要替父母分担，要靠自己把将来的日子过起来。

王俊峰的夜晚是分段的，刚入伍那几年想弟弟妹妹，是因为他们才七八岁，后来是惦记他们的学业。等他俩长到十七八岁之后，王俊峰有了自己的爱情。他夜晚思念的对象悄然发生了一些改变。他拿出一部分精力想弟弟妹妹，拿出一部分时间设计他与刘燕的未来。

天亮着的时候，王俊峰要带兵。尤其是每年新兵下连的时候，他从对奇乾的不适应中走过，他能知道新兵对奇乾的躲避，他把心和他们靠得很近，让他们尽可能少体味到他曾经的难过。可是营区一熄了灯，他的思绪就开始向着家的方向奔跑。

他思绪的终点，有着一个等待和他过日子的女孩。

在想念那个叫刘燕的女孩时，王俊峰知道自己在奇乾一路的跋涉有多么不容易。上山打火，危险处处都在，可是他是一个上进的兵，是一个不服输的兵，处处要表现得更好才能在这个地方更长久地干下去。他的家乡在河北省的蔚县，那是一个以打铁花而出名的地方。但是那里的经济状况不像节日里打出的铁花那样耀眼。他也曾想过退伍回家早些找个挣得更多的工作，但是一想奇乾的山山水水，黑夜中便又会伸出无数双手扯住他。

第一次上山打火，王俊峰险些被吓倒。地下火已经把白桦的树根烧断了，而白桦树还直立在地面之上。风一吹，刚刚还立着的白桦林竟然会成片地纷纷倒下。像是在战场上听到卧倒口令的战士，瞬间就在前面卧成白花花一片。

对于这样的景象，王俊峰没有任何经验。就在他听到指导员刚刚急急地喊出小心倒木的时候，倒木上面的树枝已经把他的鼻子和嘴全都刮出了血。那天是夜里，手电没有电了，他看不见自己到底伤成了什么样，只知道黏糊糊的血顺着脸往下淌。后来，他才知道，鼻子被扫出了血，嘴也豁了。

嘴豁了没影响王俊峰找对象。一个比他小六岁的女孩看中了他。他很满足。离得那么远，只是靠写信和打电话联系，人家对他一点也不抱怨，这就是幸福。女孩没有太高的要求，只是希望他能够平平安安地回家，然后他们结婚生子，过一份踏踏实实的日子。

2012年7月，刘燕来到了奇乾。她是为数不多能到奇乾的士官未婚妻。奇乾中队有对象的士官少之又少，即使个别士官有了对象，也因为距离奇乾太远而无法相见。刘燕的到来让王俊峰感觉到了爱情的真实力量。

当爱情鸟落在了奇乾的营院时，王俊峰觉得这里的天比往常都蓝，水比以往都柔。就连奇乾的夜都要变得踏实而让他不再想象，他把平时的想象变成了具体而有温度的触点。

可是王俊峰不知道自己能不能给刘燕一份踏实。他要不停地上山打火，他是班长，他得带头往前冲。每一次去火场时，王俊峰都想给刘燕打电话告诉她，却又怕她担心。

在森林部队的编制中，每一个班级都是一个作战单元。班长通常都是灭火机手。十七点九公斤的灭火机往身上一背，走上十里二十里绝不是一个简单的事。肩膀被压得红肿不说，在草塘沟里深一脚浅一脚地行进时，灭火机的背带会在肩上来回地蹭，机械在腰胯部每走一步都会撞击一下，实在是难受。但是班长必须做出班长的样子，要打头阵，打一线。

打火时，在山上的食物通常就是方便面和压缩饼干。由于负重较多，水带得都不会太多，又由于体力消耗大，随身携带的一壶水是不够喝的，他们常常要在山上四处找泉水。生活的艰苦磨炼出了真正的男子汉。所以说，森林部队里的官兵总是特别能吃苦耐劳。

这种能吃苦的精神本质给了王俊峰最好的成长。他和奇乾的好多老兵一样，现实而不浪漫地设计着自己的未来。他把所有挣下的工资都寄给了家里，给刘燕盖起了四间大瓦房。

2014年8月，王俊峰的房子竣工了。刘燕给他发来了照片让他看。他知道刘燕给他发来的不单单是房子，还有对未来生活的憧憬。在那明亮的大房子中，他的爱情一定会开出幸福的花朵。

爱情的距离通常并不遥远，用什么态度来选择和对待才是最重要的。王俊峰用他的实际做法给身边的战友们做出了一个有益的尝试。不要因为路途的遥远而逃避爱情，也不要用一种无限制的浪漫改变爱情原本的色彩。爱情可能就是一种快乐的相识，真诚的同行，走着走着，就把爱情走成了正果。

王俊峰的爱情不是一次次寄回家的工资，而是要把爱情变成家庭的态度。王俊峰的爱情也不仅仅是那四间窗明屋净的瓦房，而是在他完成自己远在边关的奉献之后，让自己的身体和心灵都有一个回归之地。身体在那个大房间里感受生活的幸福，心灵则和他的燕子一起双栖双飞。

与家庭的距离

或许，有人能看到他们团聚的幸福，但是，没人能看到他们在奇乾的长夜曾经容纳了多少说不出的孤独。

1. 何学飞与女友失联的日子是一种煎熬

奇乾是一块缺少爱情的土地。

副中队长何学飞认为爱情和家庭虽然有紧密联系，但区别巨大。爱情是缥缈的，家庭是具体的。通俗点讲就是剜到筐里才是菜。他没有那么多精力去恋爱，条件也不允许他认认真真、细细致致、有滋有味地去恋爱一场。大多数人都是以恋爱为由头，以结婚为目的的。所以，他愿意入这个俗。他处的对象就是要和他结婚的人，不然他没时间和精力去荒废青春。

2014年2月，情人节前夕。何学飞在老家汝城和邻村一个在深圳打工的姑娘见面了。何学飞很谦虚，要求不高。身体健康，将来能安心过日子，对军人的工作理解就行。工作、长相、家庭、收入等等一概没有要求。

姑娘比何学飞大两岁。介绍人先前还有点顾虑，何学飞不在乎，人好就行。两人见面后互相感觉还可以。姑娘话不多，看起来就是居家过日子的主儿。何学飞也知道在奇乾根本见不到其他人，更别说是女人，要想把婚姻这事搞定，必须利用探家这个机会加快速度。

在家不到一个月的时间里，何学飞前前后后和姑娘见了三次面。回到部队以后，战友们和何学飞开玩笑，问拉到姑娘手没有。战友们知道何学飞是一个特别老实的人，对他只能是这样的最低要求。可是回答这个最低标准时，何学飞一脸遗憾："我这个人保守，她是大姑娘也保守，见了那几面就是到两家吃吃饭。"

其实后来何学飞才知道，女方家对于他也不是太了解，生怕姑娘岁数大了不好嫁出去，所以着急往外嫁，把择偶标准降低了。何学飞岁数比她小，怕他将来不着急结婚，女方是耽误不起的。他们却是没有想到，何学飞也恨不得早点结婚呢。

何学飞家里上面有两个姐姐，都已经结婚了，他是家中唯一的男孩。父母都已经六十多岁了。母亲的一只眼睛又看不到，身体一直有病。他已经二十九岁了，如果能早点结婚，父母还能帮着带一带孩子，要是再晚下去，上有老下有小，他都不知道日子该怎么过了。只是和姑娘见面的机会实在是太少，他的这些打算还没来得及全盘托出，归队的时间已经到了。

回到奇乾，虽说天还是那么冷，何学飞的内心却是温暖的。从此有一个女人开始关心他的冷与暖，苦与寒。到了晚上躺在床上时，他会感到有个温柔的声音从遥远的地方传过来陪他聊天。

姑娘和何学飞见过面之后，觉得何学飞这个人满眼透着一股真诚，虽然话不多，但很在意她，也觉得他是一个不错的人选。人年龄一旦大一些，就会少一些浪漫，虽然两个人只是在老家相处了二十来天，见了区区可数的三次面，但是他俩还是很快就进入了实质性的话题。姑娘也想早一些把家庭建立起来。浪漫不顶吃也不顶喝，只有实实在在的两个人在一起才是依靠。

在两人分别两个月后，五一小长假到了。何学飞恰好下山到支队办事，他约姑娘来牙克石看一看渐绿的山林。姑娘明白何学飞的“看一看”还包含着其他内容。可是姑娘的假期也只有五天，如果真的去看一看，就得坐飞机。一个月工资才四千多元，平时花来花去只能剩一千五百元，要是坐了飞机，攒了几个月的辛苦钱就都得支持民航事业。

可是她已经三十一岁了，何学飞也二十九岁了。这个时候还算计什么钱呀，何况何学飞在电话中邀请得那样诚恳。

姑娘坐飞机从深圳到了哈尔滨，又从哈尔滨坐火车到了牙克石。何学飞接到姑娘时是 4 月 29 日晚上九点多。

何学飞的战友们知道奇乾的干部找个对象不容易，人家又是从南方大老远赶过来的，非要热情地招待一下。何学飞在东北生活多年，已经习惯了北方人的这种热情。这也是北方人不成文的一个规矩。

那天晚上，无比高兴的何学飞激动地喝了两杯酒。结果，一头栽在床上就睡了过去。姑娘存了一肚子的话要和何学飞聊，最后只好藏在了心里。只不过，在晚餐的时候，姑娘从何学飞的战友嘴里已经听到了无数个何学飞的优点。优秀干部、战士的贴心人、领导眼中的实干家、攒钱过日子的好男人……她怎么看也看不出躺在另一张床上的男人有这么优秀，他那么优秀怎么到现在连个对象也没有呢？姑娘心里直犯嘀咕。

第二天，何学飞无比歉意地对姑娘说，牙克石就这么大，我带你转一转吧。另外，这里的饺子无比正宗，在咱们老家是吃不到的。今天晚上我请你吃饺子。

姑娘看着眉飞色舞的何学飞，觉得这个男人确实挺好的，是个过日子的。她对何学飞说，晚上就咱俩吃吧，晚上你别喝酒了，我这次来有好多事要定呢。

两人正说着话，何学飞的手机响了。姑娘看到接电话的何学飞脸上顿时失去了血色，然后就听到他语无伦次地说着“是是是”。放下电话，姑娘问何学飞到底出啥事了。何学飞不知道该和姑娘怎么解释，一屁股坐在了床上。

后来姑娘还是知道了。山上着火了，大队通知何学飞马上回奇乾！

姑娘知道回奇乾意味着什么，她早就听何学飞说过奇乾到牙克石的距离有多远了。若不是何学飞这次下山来学习，她根本没有时间去奇乾见他。此次行程，她是把时间计算到每个小时的。常听说大火无情，哪知道是这么个无情的方式。

不用准备，也不需要酝酿，眼泪哗地流出来了。一脸，一腮，一胸脯……

姑娘哭了，哭得太伤心。何学飞也是没有准备，也没经历过，站在一边直搓手。搓搓姑娘的手或许还能起点安慰作用，但何学飞只是搓自己的手。何学飞没有办法，军令如山，他必须归队。

他只知道必须归队，他不知道如何向姑娘解释。他只知道当初找对象时的标准是能够支持他的事业，他却没有想到会是让人家如此支持。

姑娘不是生气了，也不是怨恨，只是有些绝望，何学飞你太狠了，我坐了六个小时飞机，坐了十几个小时火车来看你，你却连和领导解释一下都不说，说归队就归队。我花这么多钱难道就是来看看牙克石这个小县城？愿意看楼房我在深圳看还不够？

本来就不会花言巧语的何学飞什么也不会说了，只是陪着叹气。何学飞给姑娘买了点牛肉干，然后托付战友帮助送一下站，就坐上了回莫尔道嘎的火车。答应请姑娘吃的饺子也没吃上。

不知道何学飞从牙克石到莫尔道嘎，从莫尔道嘎再到奇乾的这十几个小时的路上是怎样的一个心情。反正自从回到山上，他再也没有打通过姑娘的电话。发短信不回，打电话不接。他不知道姑娘坐的火车是不是准点，什么时候回到的深圳，吃得又是怎样。但是他知道一点，很肯定的一点，姑娘的心情一定很糟糕很糟糕。

一想到姑娘风尘仆仆地奔到了大东北，他连一个拥抱都没有给人家，就让她一个人孤单上路了，他的心难受得无法形容。

奇乾官兵如果想爱，必定要走在一条艰难的相爱之路上。何学飞在深深的不安中重新理解了中队缺少爱情的官兵们的心情。

如果姑娘接听一个电话也好，或是回复一条短信也行。但是都没有，从此姑娘在何学飞的视野中消失了。而何学飞也像一粒落在林间的松子，被落叶与树木遮裹住了。姑娘如果想要找到他，无论他被埋在哪里，都会把他找出来。但姑娘却像是一阵风，不知被吹到了哪里。

何学飞觉得自己像是一个人在表演着，眼前没有观众，唯一的那个观众只是在某个遥远的角落里，欣赏着他的表演却不做出任何评价。他给她发信息，哪怕她骂上一顿也好，哪怕她明确地告诉他分手也好，可什么也没有，他与她之间只有开头，却没有任何形式的结束。

6 月 29 日，何学飞获得了一个千载难逢的机会。他被总队派到成都进行为期两个月的培训。如果没有这样的机会，奇乾的官兵就只能在山上畅想山外，每一次外出培训对他们来说都是一种实实在在的奖励。

8 月 29 日，培训结束了。何学飞没有耽搁一点时间，从成都直接飞到了深圳。他按着以前女友讲的地址，顺利地找到了姑娘。在他四个月不停地深刻自我批评中，姑娘早已经发现这是一个难得的可以托付终身的男人。可是她皎洁的面孔上平静如水。何学飞内心此时却是波澜阵阵。他不知道姑娘会不会原谅他。

姑娘没有把他拒之门外。何学飞看到了属于他的希望。但是姑娘对他还是不冷不热。他对姑娘也是不敢太热情，因为和她合租一个房间的弟弟就在房间里不懂风情地存在着。

第二天早上，姑娘上班了。何学飞收拾完屋子之后，迅速地到火车站买了一张回湖南老家的车票。因为昨天他听到了女友说喜欢吃家乡的豆角和土豆。说者无意，听者有心，何学飞觉得必须要做些补偿。

回老家的路途不远，三个小时的车程。何学飞在老家的地里刨出了新鲜的土豆，摘下脆生生的豆角，特意给姑娘买了蜂蜜，当天又赶回了深圳。

当姑娘下了班回到家时，她惊喜地看到了一地的家乡菜。尤其是那一瓶子蜜，是她想要但是又没有想起来的。她幸福地笑了，她觉得眼前这个比她还小的男人心里真的装着她呢，尽管有时他身不由己。

夜幕降临了，何学飞还有许多话要和姑娘讲，但是一直也找不到合适的机会。女友的弟弟说，何哥，睡觉吧，明天我们还要上班呢。说完往床里挪了挪，给这个未来的姐夫从自己的床上腾出一点地方。

何学飞躺在床上，幸福地看着挡着女友的那道帘子。他知道虽然他们工作的距离是那样的远，但是他离家庭越来越近了。他们直接跨越爱情，拉着手直奔家庭而去。

当他与她老了的时候，他们不会谈话剧，不会谈圆月，他们的记忆中只有旅途的劳顿，只有家乡的果蔬。

但这些就已经足够了，奇乾官兵的爱情不浪漫，但能扛住所有的风雨。

2. 郭喜在锅炉里忙里偷闲地想象着他的女人在哪里

郭喜在奇乾的日子大多数都是在锅炉房里度过的。刚入伍的时候年轻，没有太多的心思考虑个人终身大事。晚上给锅炉添完煤实在闲着没事，郭喜就琢磨修东西。

锅炉房的里间有一个小屋，因为屋子小，所以相对暖和一些，不是很冻手。郭喜就在那个小屋里点上了蜡，然后找来别人扔掉的手电筒鼓捣。在奇乾，别的东西缺，但手电筒人人有。有的人还不止一个，好的有，坏的也留着。郭喜一下子找了几个练手的东西，从此冬天的夜变得不再漫长。郭喜把手电头、手电底座、灯罩、灯泡等一切能拧动的物件全拆了下来，在桌上依次摆开。

手电的遗骸默默地在桌上看着郭喜好奇的眼睛，它们不知道郭喜要把它们弄成这样到底是为什么。郭喜开始认真地组装手电，最初只能把它们恢复成原来的样子，慢慢地竟然能够把它们体内的病给除掉，让它们再度焕发出生命的光亮。

后来，郭喜觉得拆手电太小儿科了，他又廾始拆手表。这可是一个精细活儿，在烛光下，手表的零件细小得很难找得到，郭喜的眼珠都要落到桌上了，生怕一不小心丢掉什么。当手表在郭喜的手里又恢复如初之后，郭喜还是觉得夜晚太寂寞，他还想修

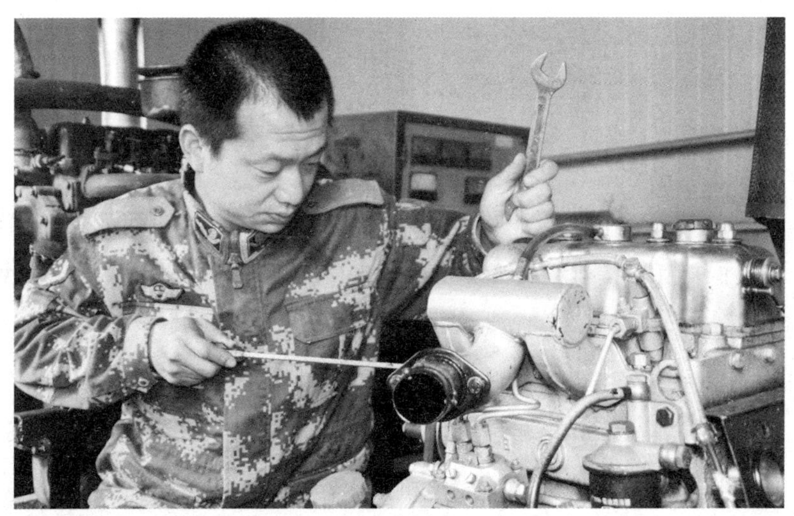

⊕ 机器越破，对郭喜的考验越大

理点什么，于是他又开始收拾录音机、收音机。在苦闷得可以听见时间咔嗒咔嗒的声音里，郭喜终于发现，他应该修理修理自己的问题了。

也不知道是哪一天，郭喜突然想到了一个让自己有点害怕的问题。在他的老家，一般男孩子在二十一二岁便结婚了，有的甚至还能再打点提前量。男人再大也没有大过二十四五岁结婚的。有一次他探亲回家，不论是当兵的战友还是小时玩得很好的同学，他都约不出来了，原因是人家都在家哄孩子。

同学的孩子都已经三岁了，有的已经有了两个孩子。而郭喜，还在奇乾的男人国里连女人都见不到。

父母着急了，郭喜倒是不急。他没有想过爱情，他想的是家庭。哪有那么多时间卿卿我我地去谈恋爱，没那个心情，没那个技巧，时间倒是一大把一大把，但恋爱能当饭吃？恋爱到最后还不是结婚生孩子过日子？郭喜很务实：你能喜欢我，我就能喜欢你。就连奇乾这么艰苦的地方自己都能喜欢这么多年，有血有肉有情感的姑娘哪能不喜欢呢。主要问题是女方得认可他。

郭喜的婚事成了他二十五岁之后业余时间里考虑的大事。在锅炉房里的郭喜不再玩修理了，除了给锅炉填煤之外，他得拿出时间想想自己的事。

郭喜想的是家庭是婚姻。他和大多数农村入伍的战士的想法是一样的：爱情和浪漫属于红酒，属于炫彩之下的约会，不属于他实实在在过日子的范畴。

2012 年冬天，家里给郭喜介绍的一个姑娘，在和郭喜电话联系了一段时间之后，要和郭喜见见面。郭喜从来不隐瞒自己在部队上的工作，他说不行呀，冬天是烧锅炉最紧张的时候，我不可能休假。他讲得很自然，认为自己冬天不休假是天经地义的事。确实也是这样，郭喜自从到了奇乾，基本上在冬季就没有休过假，仅有的一次冬季休假，他在家还要指挥中队的人怎么排除发电机故障。

中队的设备使用太过频繁，不知道啥时候会突然闹情绪、掉链子，那可不是小事。锅炉真要是一坏，中队就得又回到以前的生活状态。郭喜刚到中队的时候，冬天屋子里冷，墙上挂着霜，晚上睡觉都得两个人挤在一个被窝里，然后再把多出的一床被子压到身上，再加上两件棉大衣，即使是这样，睡觉的时候也还要戴上棉帽子才能睡着。那个时候中队夜里烧的是木柴。郭喜刚入伍的时候烧锅炉用的也是木柴，只是这两年才用上煤。煤耐烧，但是太费钱，也费锅炉。

郭喜在电话中跟姑娘讲，不然看照片吧。现在我真是回不去家。姑娘没来过大东北，以为冬天很好玩，除了冰灯就是雪雕，说那我到部队去见你吧。郭喜以为她只是在开玩笑，说就怕你是不敢来呀。

没想到，姑娘一点没含糊，买了票就出发了。姑娘顺着郭喜以前讲的路线上路了，等走到牙克石的时候她心里就开始犯怵，是不是走错路了，怎么走了两天多还不到呀。姑娘又坐车到了莫尔道嘎，其实在那个时候姑娘的心已经凉了，当初她是因为家里人反对才憋着劲非要来的。

在莫尔道嘎，姑娘打了一辆出租车要来奇乾。司机说那山上这冬天恐怕是上不去，我看你还是算了吧。姑娘一听，这不是在抬价么。脆生生地甩出了一千元钱。心想这么远都来了，不能差这一百四十公里了。反正钱是人挣的，该花的时候必须舍得花。

出租车上路了。司机把话说在了前面，你不能反悔，我是诚心要把你送上山的。但路上的情况你确实不知道，我也不知道。

姑娘问司机，你是本地人，路上的情况你怎么会不知道？司机说，我倒是本地人，可也只是在这镇上跑。奇乾在山上，一年我们也去不上一次。再有，冬天林区里的路，你说不出哪里就被雪填上了，哪里会出了冰包。

两人说着话，出租车已开出了四十多公里。就在司机还在庆幸今年的路比往年好走一些时，路面上出现了一个大冰包。司机下了车，徒步走过去看了看。回来对姑娘说，过不去了，咱们得趁着天没黑往回走。

姑娘没有见过这种路，她说你开过去不就可以了。司机说就这个大冰包，没有五个人推车是根本过不去的。我硬往上开，车不掉沟里才怪，那个时候，咱俩想往回走都走不掉了。

姑娘在内地待的时间久，脑袋灵活，一想是不是司机又要加价呀。想让马儿跑，就得给马多加草。姑娘说这样吧，我这上千里路都来了，就不差这一百公里了。我再给你加五百块钱，你就别再说啥了。实话跟你说吧，我是上山来相亲的。

司机有些生气了。你怎么能这么想事呢。现在不是钱不钱的问题，问题是你给车安上翅膀，过了这个冰包你也不知道后面的路上还有没有冰包。真要是我们两个全误在山里，晚上零下五十来度，手机没信号，你就别说是不是相亲了，不冻死咱俩那是奇迹。

姑娘望着冰包，泪水就下来了。怎么想见一见电话里的郭喜就这么难。三天多都走过来了，怎么这最后一道坎就越不过去了？

司机的心也软了，说姑娘真不是我不送你，过不去就是过不去，你再给我加十万，咱们也得趁天亮往回转了。平时，一到10月份，除了部队的拉菜车一个月走一趟，是没有车上山的。你打我的车时，我就看出你是来相亲的。这山上除了当兵的也没其他人了，你说我能不帮你么？但眼下就是不行。

雪封住了前进的路，冰裹了姑娘暖融融的心。

郭喜此时还在山上烧着锅炉。他根本没有想到姑娘会突然要来相亲，他认为自己在电话中就是开了开玩笑。

后来，别人又给郭喜介绍了两个姑娘。就像是雪花，飘下来的时候都看得见，什么时候化了却无声无息。郭喜索性有点破罐子破摔，愿意相中就处，相不中拉倒，我还不想将就呢。

锅炉房的火光跳跃着，像是爱情的火苗，郭喜静静地听着煤块清脆地炸响，他有空的时候还是会想一想自己的婚姻。因为每一次回家，他都发现父母又老了，而他实在不想让他们为自己操太多的心。

2014年年底，当中队的上士们纷纷奔向地方，去拥抱和寻找自己的爱情时，郭喜又挂上了四级警士长的警衔，开始了他在奇乾又一个四年的行走。郭喜决定将来是要选择安置工作的，虽然退伍回家能多拿一些安置费，但他怕回到农村，在那里三十多岁的男人是找不到年轻姑娘的。如果安置到了城里，选择的余地可能会大一些。他也知道，自己的这种想法只是一种"可能"。说不准，哪天真有一个喜欢他的姑娘就沿着那条进山的路走进来呢。

3. 何洋洋是存在电话里的爸爸

在奇乾，孩子是一个非常少提的话题。这里的人在一起交流爱情经验都比较少，又何谈孩子呢。所以，何洋洋虽然有着极好的人缘，但有时他却是孤独的。

何洋洋是全中队唯一一个有了孩子的兵。

结过婚之后，何洋洋趁着有限的探亲时间，成功地完成了播种的任务。土地好，墒情好，种子也优良。种子便开始在大地里发芽与成长。何洋洋在奇乾浑身上下都是劲儿，他就在等待着收获的秋天了。他和老婆在电话中的内容也由以前的空谈成了有具体内容的实谈，将来生时去哪家医院、腰围长到了多少、孕期达到了多少周等等。其实有着一个当过护士的老婆，对生孩子的事他不用操太多的心，可是漫长的夜里总是得唠点啥呀。唠大海太遥远了，蜜月的时候都没有想过大海，怀了孕了更不能说带你去海边兜风吧。

何洋洋已经不敢和老婆再许更多的愿望了。以前，他老婆还是他女友的时候就听他讲奇乾，那时候好像在听童话，听故事，怎么讲她都不信中国还有这样的地方，还有走出去一天也见不到人的地方，还有没有常用电的地方，还有半处于原始社会生活的地方，不浪漫的她都开始浪漫起来，奇乾难道是世外桃源？那里的人到底怎样生活呢？她向何洋洋提出来要到奇乾看一看“奇景”，何洋洋同意，可是她走不开，家里的老人需要照顾。

2013 年 4 月，把休假时间精算到每一天的何洋洋掐着日子带着一身风尘赶回了家。第二天，老婆生了。在家生的。顺产。何洋洋挺佩服老婆，当过护士就是不一样，能把日子算得这么准。其实是哪天怀的孕老婆根本没费什么事就算出来了。你何洋洋就休了那么几天假，就加了那么两天班，这日子有什么难推算的。

何洋洋又比战友早些体味到了另外一种幸福。每天他不知道要风风火火地骑着摩托往外跑多少次。儿子太小，他没法抱，在月子里的孩子大多数的时间都是在睡梦中，根本不管他老爸是不是在旁边目不转睛地看他。何洋洋不停地问老婆想吃什么，只要老婆一张口，他马上就往镇上去。骑在呼呼生风的摩托车上，他觉得再也没有什么比这种感觉更幸福了。在奇乾花不出去的钱现在有了用途，何洋洋使劲地往家里买东西。他还知道要善于发现什么是家里需要的，多储备一些，免得自己一回到奇乾，还得要老婆自己往外跑。

时间过得太快，归队的日子很快就到来了。

每一次何洋洋离开家时心里都会有些难过，但当他一想到奇乾，心情很快就平静下来了。可是这次完全不一样了，他是一个当爹的人了。看着在老婆怀里安然入梦的那个还不会笑不会认人的小家伙，何洋洋有点泪眼迷离。可是那样又太不男人，反而会让老婆惦记着自己，他忍住了情绪。离家的那天，一大早起来，他就开始翻翻这儿，看看那儿，总觉得有着许多要做的事，但又不知道到底应该做些什么。总觉得有许多话要对老婆说，可又不知道说哪句才最能表达他现在的心情。

出门了，他回头看了看院子里晾衣绳上飘扬的一块块尿布，竟然觉得是那么亲切，包括尿布上的气息都有些让人迷醉。那是带着儿子淡淡尿味的棉布，可是他竟然连搓洗这些尿布的机会也没有。等他再一次回到家，儿子肯定已经告别了这些尿布，甚至可能都会站起来走路了。何洋洋一下子觉得奇乾和家乡竟有着那么远的距离，而这种感觉在儿子出生以前他从来没有发现。

以前归队到县城去，有老婆送上一程，现在老婆还在坐月子，何洋洋是一个人上的车。坐在中巴车上，他感觉到了从来没有过的孤独。孤独像是一团丝线，把他紧紧地缠住了。他靠在车窗上张望着家，房屋和树木不断远去，他的目光被它们拴在了那里，越拉越长。

一直到回到奇乾，何洋洋一路上都没有说话。他沉浸在对儿子的想象里，可是想来想去，他又实在想不出儿子的模样。他在儿子身边的时间真的是太短了。结婚和生子的时间都是太短，一下子便把何洋洋在奇乾的日子衬得是那样漫长。那种漫长是等待，漫长得没有一点声息。

何洋洋回到了奇乾，战友们都对这个奇乾的“编外小兵”很感兴趣，他们的生活中又出现了一个新的可以谈论的话题。他们问的第一个问题当然是男孩还是女孩，接着这个话题的通常就是叫什么名字。

关于儿子的名字何洋洋着实不知道应该怎么告诉大家，尤其是他最好的战友卜晨光。因为儿子的名字是特意找人起的，叫晨光。何洋洋怕卜晨光误解，想改，可是家里不同意。何洋洋有些多虑，当卜晨光听说何洋洋的儿子也叫晨光时，哈哈大笑，看来晨光真是一个好名呀。为了让咱们在奇乾的生活都有个纪念，以后我的儿子叫洋洋。

奇乾的日子平淡，但却有滋有味。

何晨光是在何洋洋的电话里长大的。出生两个月的孩子不会笑，只会哭。何洋洋在电话中对老婆说，他哭的时候让我听听声。听听孩子哭的声音，何洋洋觉得生活是那样的真实，在遥远的地方，有一个孩子在哭给他听，那是一种多么美妙的声音呀。可一放下电话，他又会回到现实之中，声音哪去了？

夜又变得格外长。何洋洋的夜与众不同，他梦境里的儿子会跑会跳，会张舞手臂。

后来，何洋洋开始在电话中听孩子笑。再到后来，儿子会在电话中叫爸爸了。何洋洋在电话这头兴奋地喊，叫呀，叫呀，叫爸爸。班里的兵们看着班长像个孩子似的手舞足蹈，他们实在想象不出来班长怎么会幸福成那个样子。他们都太小，还体会不出这种感觉。

营区旁边的树从何洋洋来到奇乾就那么高，几年过去了一点也没看出长了多少，可是儿子长得却是快，冬天过去了，他已经会在电话里冲何洋洋要糖了。虽然说的都是单词，但是何洋洋能够把“爸爸”“糖”“要”“回家”这些单词组成一个又一个具有情节的故事。他想象着儿子吃糖的样子，甚至能感到儿子吃过糖的小嘴亲他时甜乎乎的感觉。

可是现实不是这样的，当何洋洋又一次休假回到家，看见已经扶着东西走路的儿子时，他自己都惊呆了。上次看到时是刚出生，这一年的光景儿子已经能够站起来了。老婆真是一个神奇的魔术师，不知不觉地给他怀了儿子，不声不响地把儿子变戏法一样养到这么大。

儿子用极度陌生的目光望着何洋洋，因为陌生而变得胆怯，望了一小会儿，像是违章的司机见了警察，掉头就跑，然后一头扎进了老婆的怀里，不再抬头。惊慌失措的样子让何洋洋想起来去中队的路上那些迷途的小动物。

何洋洋想更多地抱儿子，他又觉得那样会给儿子造成一种伤害。他怕儿子刚刚习惯了他的怀抱，他却无法给儿子更多拥抱的机会。看着儿子在地上蹒跚学步，他才发现他离家真的太久了。

老婆指着何洋洋告诉儿子，这是爸爸。儿子摇头，不停地摇头。在他的概念当中，爸爸是一种声音，爸爸是一部电话，爸爸就是一把糖，但是爸爸不可能是一个时而面带笑容，时面面带窘色的活生生的人。

何洋洋和儿子玩得非常开心，他成了儿子的大马，他成了儿子的伙伴，他唯独没有成为儿子的爸爸。当何洋洋回到奇乾后，又接到了儿子的电话，儿子在电话中说，爸爸，我要，糖。在他的印象中，爸爸根本就没有回过家。

没有孩子时，何洋洋觉得时间像水在流。见到孩子后，他觉得在奇乾的时间像光，一闪一闪的。他感觉到了离他服役的最高年限已经越来越近了。儿子将在未来的日子里陪伴他，而奇乾将在2014年冬季之后，成为他一生只可回忆的地方。

可是，在奇乾的日子里，何洋洋由于过分地注重家庭生活的每一个细节，他竟然记不清结婚的日子在哪一天，生孩子的日子在哪一天，他记住的是一个又一个生动难忘的画面。

何洋洋弄不清奇乾与故乡、故乡与奇乾之间，哪一个距离更远。

4. 尚国义的孩子突然发现夜里妈妈的床边多了一个男人

奇乾会让那里的人变得很现实，因为他们需要很现实地面对着如叶子一样稠密的日子。

当中队长尚国义达到了家属随军标准后，他立即让家属辞了在老家齐齐哈尔的工作来到了牙克石。虽然媳妇没了收入，但是尚国义认为这样他们家才更像是一个家，虽然还是一年一休假，但毕竟是近了许多。尤其是他到支队开会的时候，可以顺路回家看看，女儿大了，不能和她离得太远。他得尽可能地在女儿幼小的心灵里留下父亲的印象。

尚国义 2013 年 5 月来到奇乾中队，在此之前，他在一个叫库都尔的大队当中队长。到这里来还是当中队长，只不过是职务变成了副营职。职务提升了，工作就要更出色。领导把他调到这个艰苦的地方是有道理的，原因不仅仅是尚国义能打火，还有一个原因是他会过日子。

他是在苦日子里泡大的。母亲身体不好，常年生病，尚国义九岁的时候就跟在父亲和哥哥姐姐身后下地干活了。拿父亲的话讲，不能多干还不能少干吗？男孩子就要多吃苦。

家里的日子确实困难，在尚国义考上大学的那年，竟然连一万块的学费也拿不出。尚国义对父亲说要当兵，不管是哪，只要有部队要他他就去。结果他就到了大兴安岭支队。齐齐哈尔的冬天已经够冷的了，但一到牙克石，尚国义觉得齐齐哈尔在“冷”这件事上是稍逊一筹的。

尚国义的成绩好，考上警校是理所当然的事。毕业两年，他在老家结了婚。媳妇在一个初中当美术老师，一个月两千多块钱工资。日子比上不足比下有余，尚国义感到很知足。可是当孩子出生后，他忽然觉得离家太远了，他已经亏欠了媳妇，再怎么着也不能让孩子见不到爹呀。但是他不够随军的条件，如果媳妇辞了职，全凭他一个人的工资是养不了家的。

2013 年，当尚国义达到了随军条件后，他第一时间帮媳妇做出了决定，搬家到牙克石。说是搬家，其实也没有什么可搬的，拎两个包就把媳妇孩子接来了。他把部队分给他的公寓简单地收拾了一下，家就安成了。

尚国义常年在森林里带着部队打火，也是一个实际而不浪漫的人。他觉得只要两个人踏实地把日子过安稳了，把孩子带大了就是幸福，没有太多的钱可攒，他也不考虑攒太多钱。一家就这么三口人，只要这三口人在一起，就是日子，就是蜜一样的日子。

可是家属和孩子住进了公寓以后，尚国义也只是在理论上安了一个家，在想象中离家近了一些，毕竟这是他通过自身努力在部队给他们母女安的窝。可是，要想回一次家，也得等，等休假的日子。每年一次休假能和她们在一起待上一个月，按政策家属每年还能来部队探一次亲。他们比牛郎织女幸福，牛郎织女一年见一次面还得要喜鹊帮助搭桥，他们不用，他们会选择一个到奇乾好通车的时候相见。媳妇就在山下的那一头等着呢，只要路好走了，这面一声招呼，她抬腿就走，一点也不犹豫。犹豫的只是不要待得太久，影响了丈夫的工作。

一年之中，尚国义也可能会有因公到牙克石的时候。只要有空了，他就会像打火一样急急地回家一趟。虽然刚刚三十出头，但尚国义觉得他和老婆已经是老夫老妻了，没什么可亲热的，他急着回家是要看看女儿。女儿在一天一天地长大，总在电话中找爸爸。

2013 年 8 月，尚国义在加格达奇打完火随部队返回时，正好赶上在牙克石调整。那天到达牙克石，安顿完中队之后，尚国义和大队请了假就往家赶。整整一路，尚国义都在想，女儿是不是睡了呢，要是没睡多好呀，和她唠一会，再玩一会。虽然自己一身烟灰一身土，什么零食什么玩具都没带，但他也想让女儿亲几下。

尚国义事先给媳妇打过了电话，到家的时候已经是十点半了，媳妇还在等着他，女儿却早已经进入了梦乡。尚国义注视着又长大了一些的女儿，又看看媳妇疲倦的样子，这两个女人让他感到心中十分内疚。女儿睡得甜甜的，好像在做着和爸爸团聚的梦，嘴角挂着浅浅的笑意。尚国义感到在自己的温柔乡里，再苦再累也是值得的。

媳妇知道他第二天一早还要返回支队，还要带着中队返回奇乾，催促他早点休息。可是尚国义还想多看一会女儿。眼前的女儿是散发着一股奶香的花朵，不再是电话中那个嗲声嗲气的声音，指尖所触摸到的女儿是一小片鲜嫩嫩的肌肤，而不是手机里的相片没有一点温度。

尚国义痴痴呆呆地看着女儿，想象着她长大的模样，女儿不知为何，却突然醒了。

坐起来的女儿揉了揉眼睛，她惊诧地发现家里的床上多了一个人，一个黑乎乎的男人。女儿哇的一声哭了起来，她被眼前出现的这个陌生人吓哭了。她不知道自己是在梦里还是在现实中，她不知道为什么会有这样的事情发生。

她确实是被吓住了。从有记忆以来，她和妈妈的床上还不曾多过任何一个人，她不习惯这种突然的出现。她倔强得要把尚国义赶下床，这是她理所当然占有的床，她要独享妈妈的怀抱。她不允许有人占领她的领地，她才是这个宽大床上的骄傲公主。

尚国义非常尴尬，他这个不速之客打扰了女儿的梦。一家三口齐全了，家就在眼前，他却感觉家一下子离他是那么遥远。他只好坐到沙发上去，看媳妇耐心地哄着女儿。他成了一个看客，在看着一个小女孩如何在母亲的怀里撒娇。

媳妇对着女儿说话，对女儿讲着爸爸的各种好，帮女儿回忆着爸爸曾给过她的各种礼物。尚国义知道，这可能就是媳妇和女儿平常对话的一次重复。在媳妇的絮叨中，他体会到了她们两个人在家的样子。

女儿闭着眼，还在问妈妈，爸爸什么时候回来呀。女儿显然是睡蒙了，再说，那么一点的小孩子，半夜里突然发现了一个人改变了她的生活状态，哭闹是再正常不过的了。

尚国义想让女儿得到一种安慰，他伸出手想抱一抱她，可是他一伸手，女儿就会哭得更厉害，哭声已经在半夜时分传到了楼外。

尚国义不会怪女儿，他只怪自己和女儿接触得太少了，给予这个家的关心太少了。尚国义不会怪自己回家的次数太少，距离在那摆着，不是说回来就能回来的。何况，他和她们已经越来越近了，说不准哪一天他就会回到牙克石工作呢。

在奇乾的日子，每天尚国义和媳妇都会在午饭后通上十分钟的电话。那个时候，女儿就在旁边听着，她知道她有一个喜爱她的爸爸。只是她的爸爸在遥远的地方为她打拼着幸福生活。

尚国义在每次放下电话之前都要让女儿接电话，他问女儿一个他早知道答案的问题，想爸爸吗？

电话那头一定会有一个美滋滋的声音清亮地说，想！

这一声想，一下子就把尚国义的心从奇乾拉到了遥远的山外。

5. 贺虎林最大梦想是想有个孩子

奇乾寒冷，寒冷的土地可以让爱情在梦想中发芽，但是婚姻需要实实在在的温床。

奇乾缺少婚姻，本来就少的婚姻中更是缺少着家庭中的另一个要素——孩子。

部队讲究计划生育，各个单位都很重视，组织和个人都重视。组织上要求军人一方必须年满二十五周岁才可结婚，这个年龄和地方对比起来是有些晚了。贺虎林晚婚后还想晚育，原因是结婚的头两年买了房，工作又是在关键期，要把主要精力用到工作上，妻子赞同他的想法，两人决定往后推两年。

有时怀孩子也不是夫妻二人能决定的，有时老天非要让你怀孕，不想怀都没办法，有时你非要求个孩子，却是迟迟也得不到。贺虎林就处在这种境地当中。

结婚两年后，两个人的工作都步入了正轨，贺虎林和妻子决定让家里添丁增口，可是事情却变得异常艰难起来。两人分别做了几次检查，都没有问题。就像是陆军在攻打一座山头，主攻方向、次攻方向都选定了，弹药和兵力都准备充足了，战斗动员、战斗预先号令都做好了，可是在实际的进攻作战中却总是以失败告终，一批批优良的战士总在冲锋的道路上牺牲，指挥官也是无功而返。总结战斗经验，可能是战斗的时机不对。那好吧，只能再选择时机。

有时，妻子忽然发现嫁给了贺虎林并不是想象中的那种幸福，以前觉得离得远，天天有话聊，精神上很充足，天南地北，聊起来还很浪漫。可一旦和他进入到婚姻实质状态，才觉得浪漫是要建立在一种基础上的。结婚时，婚期一推再推，要孩子时，一迟再迟。妻子想来想去，开始催贺虎林，要不你抓紧转业吧。贺虎林心中有杆秤，但是也不敢和妻子硬对硬，不表态，催急了再和她转圈子。谁让他欠着她呢。

2012 年夏天，妻子终于下定决心来奇乾看一看这世外桃源了。因为贺虎林不止一遍地在电话中描述，春季里，这里是漫山遍野的杜鹃花，粉艳艳的花能把山脚映得一片红，像是云霞刺着人的眼睛，而处处弥漫的又是无比清秀的花香。你来我们这里的路上，会经过无垠的草原，然后是森林，是蜿蜒的额尔古纳河，这是一条纯粹的自然路线，更是一个民族风情游的最佳选择地。你能看到鄂温克族人的鹿群，能看到蒙古族人的蒙古包，能看到达斡尔族人的歌舞，还能吃到俄罗斯族人的列巴。妻子说，我什么都不想看，我只要去奇乾和你怀个孩子。

妻子辗转到了莫尔道嘎，管理员田守磊正好在山下，他替指导员接到了他的妻子。贺虎林看了看手表，计算着妻子到达中队的时间，他心里合计着用什么样的方式迎接妻子的到来。

时间过得有些缓慢，与平时两人打电话时的感觉完全相反。打电话时总觉得时间过得太快，聊着聊着一看钟点，已经几十分钟了，一点倦意也没有，就好像刚刚拿起来电话一样。可是这次不一样，现在是夏季，从山下上山的路还算好走，怎么早已经过了预计的时间还不见一点动静。贺虎林知道急也是没用，这一路上什么信号也没有，电话只剩下了钟表这一种功能。

也许是被路上的风景迷住了吧，毕竟在武汉是看不到延绵无尽的森林的。贺虎林宽慰着焦急的心。

又过了一阵，营区快速驶进了一辆小轿车，风一样地闯进了贺虎林的视野。只看了小车一眼，贺虎林的心忽地一下被提起来了。得了，中队的车出事了。

贺虎林的这种预感是极准的，这就是经验。平时中队难得见到地方的车辆，这要是突然来一辆车，一定是通风报信的。从山下上来的只有中队的车……贺虎林不敢往下想了。

果然，田守磊从车里下来了。另一侧的门也打开了，妻子也下来了。中队的车撞到了树上，挡风玻璃都碎了，司机陈浩只是弄了一头的血，人没多大事，在路上等着救援，田守磊先把人送回来，同时再带人去修车。

听完结果，贺虎林的心放下了。人没事就好。可是迎接妻子的兴奋心情却一扫而光，只能变成压惊了。他再不敢问妻子路上都看到了什么样的风景，有什么样的感受，看着几缕乱发贴在妻子的额头，贺虎林一下子看到了妻子满眼的惊恐和满脸的疲倦。他真想一把把日思夜想的老婆搂进怀里，可是他又不敢，大庭广众之下，好多战士们看着呢。这里本来就是一个爱情很少光顾的地方，他不忍心用“秀幸福”的方式刺伤别人的眼睛。

妻子只有一个老公，可是中队当时也只有贺虎林一个干部。到半路去救援的任务必须由贺虎林去完成。贺虎林和妻子解释了一下，就在她有些不解的目光中带上牵引车匆匆地向路上奔去。

车离开营区时，虽然贺虎林的目光里全是恋恋不舍和愧疚，但车开得还是很快。天快黑了，还有一个满脸是血的战士在焦急中等待救援呢。

凌晨两点，中队里响起了停车的声音。贺虎林他们把小车牵回来了。妻子在无比黑暗的房间里趴在窗台上向窗外望，正在熄火的车前有几个黑乎乎的人影正在说话。声音很小，听不清在说什么。但她知道那里面最操心的人是丈夫。

北方的夏季天亮得格外早。四点钟的时候，各种鸟都已经围在房前屋后开始唱歌了。妻子坐在床上，静静地注视着贺虎林。贺虎林此刻睡得正酣。她突然发现，一年没见，丈夫的眼角有皱纹了。原先那个生龙活虎的小伙子哪去了呢？

她想有一个和贺虎林长得一样的孩子，让他来代替爸爸一直陪伴着她，因为她觉得一个人的夜太漫长太孤单。

妻子的第一次奇乾之旅印象极为深刻，她感觉到贺虎林忙，忙得好像没了他奇乾的水不再流，山不再绿。实际上也是那样，本来奇乾的干部就少，再赶上出差的出差、休假的休假，留在奇乾的只剩下贺虎林一个干部，吃喝拉撒，事事便都系于他一身了。何况指导员还要管战士们的心头烦，脑中忧，哪能不忙呢。

妻子回武汉去了。贺虎林在电话中开始不间断地打听家里“庄稼”成长的情况。妻子摸着风平浪静的田地告诉他，庄稼不收年年种。

2013年的夏天，妻子比攒钱都厉害地又攒出了二十天假，尽管她给奇乾的评价是“鸟不拉屎”，但她还得来呀。你贺虎林没有时间往家“存粮”，那她只能跑出来收“地租”。上一次可能是因为担惊受怕，没调整好心情，这回可得好好看一看赏一赏贺虎林心中的奇乾美景了。

妻子顺利到达了奇乾。这是一个风调雨顺的季节。

哪知道第五天，总队突然来了通知，总队要进行成立六十周年大庆，届时要表彰一批先进单位和个人，而奇乾中队被表彰为“北疆森林卫士”，这是一个莫大的荣誉。贺虎林作为支部书记，必须去参加表彰大会。

从奇乾到呼和浩特，来回最快也要一周时间，再加上开会的一周会期，天啊，不算不知道，一算吓一跳。这个会几乎包含了妻子的整个假期。

贺虎林知道妻子再是通情达理他也不好解释了。处对象时的聪明劲儿又上来了，贺虎林对妻子说，奇乾你都来两次了，这回也待了近一周了，恰好我去总队开会，机会难得，我带你去看草原吧。草原很大很辽阔的，在老家你根本看不到的。

妻子知道贺虎林的心事。不答应也没办法，她不能一个人在奇乾这个地方等呀。她来看的是人不是景。再美的风景没有人也不行呀。

去呼和浩特的路程需要三天时间，贺虎林要在这有限的三天内让妻子看到一个不一样的风景。从牙克石发车开始，一路上，不管是白天还是黑夜，只要是火车停靠的大站，总会有战友往火车上给贺虎林一行送吃的喝的。牛肉干、烧鸡、马奶酒、蓝莓，应有尽有，让列车上的售货员看了都嫉妒。妻子心里有点美意了，这丈夫的人缘也是太好了吧。

尤其让妻子没有想到的是坐在隔壁车厢里的政委也总往他们这里送东西，丈夫就是一个普通的基层小干部，人家领导还这么关心呢，就是肚子里有一百个委屈也都憋住了。

在总队，会务组是要给与会人员安排住宿的，但是贺虎林不敢让人家知道妻子也来了。这么大的一个会，你一个基层指导员哪来的牛气，还要带着夫人出访。贺虎林在总队附近给妻子订了一个房间，每天开完会，就偷偷地溜出去和妻子见面，他怕会务组知道了会因照顾他再给他在总队订房。

妻子没有待几天就回武汉了。她觉得她是光明正大地来探亲的，这种像是偷情的约会心里自然会觉得。确实，贺虎林的游击战真的让妻子为他提心吊胆，天黑了，人悄悄地回来了，然后趁着天未亮，再悄悄地回到部队。要是不知道内情的人还以为丈夫在做违纪的事。好在政委知道所有的缘由，但他是在上级机关开会，他也没有更好的办法。

贺虎林在最无奈的时候还曾和妻子突发奇想，要孩子总赶不上时间，不然我们做个“试管”算了。妻子在电话中打击他，咱俩谁都没毛病，你想做医院就给你做呀？你想的倒是美。

没办法呀没办法，两地分居的两个人想要个孩子竟然都想交给医院去完成了。

贺虎林是属于奇乾的。他在奇乾的夜晚太过于漫长，一天忙碌下来，他和尚国义的宿舍里，一个床上躺着一个人，然后通过飘在空中的无线信号联通各自的家，开始每天固定的话聊。奇乾的这个宿舍，看起来像是一个家，实际上，电话一拨出去就分了岔，它们在向着不同的方向延伸。白天他俩属于中队所有的官兵，夜晚，他俩属于自己的女人。

只是他们的女人在夜的另一头。

贺虎林电话的那一头，有一个女人。尚国义电话的那一头，有一个女人，还有一个孩子。贺虎林放下电话时就想，什么时候他的电话里面能够传来孩子的哭声，或者是问候。当那一天实现的时候，他可能已经离开了奇乾。

奇乾在贺虎林的盼望中又陷入了无尽的黑暗之中，但是他一闭上眼睛就能看见明亮的未来。他的孩子牵着他的手，奔跑在奇乾的山林中，醉倒在奇乾的花香里。只是那个时候，他不知道自己是不是已经走出了奇乾的山路。

与过往的距离

所有曾经走过的路，都会成为奇乾生活中回忆的片断。所有期许中的明天，都会有对奇乾生活的怀念。

1. 何学飞真正地体验过“南有西双版纳，北有莫尔道嘎”

何学飞的家乡在湖南省南部，四季常青，河水常流，鲜花常开。但是在冬季的梅雨季节，何学飞还是觉得有些冷。父母说他自小是一个怕冷的人。

2006 年 12 月，何学飞应征入伍，他挑选了气候非常优良的云南普洱。他在书里、电视里知道了西双版纳这个美丽的地方。到了西双版纳，何学飞觉得生活一下子变得无法形容的幸福。无论走到哪里，满眼都是各色的花，满身都是湿润的风，只穿着一条单裤就把四季都打发了。他这个怕冷的人终于找到了一个适合生存的地方。

2007年，云南宁洱县发生了六点四级地震。何学飞随着大队救援的队伍到了震区。何学飞长着典型的南方人的个头儿，精瘦，不高，但浑身上下都绷着一股不服输的劲儿。在救灾的日日夜夜里，这个小个子新兵不知疲倦地工作，赢得了上下一致的好评。在抗震救灾总结时，何学飞以一个新兵的身份荣立了三等功。大队长拍着他的肩头，说，真是想不出你哪里来的这劲头。

何学飞不善言谈，他不会对大队长讲自己的雄心壮志。自小吃着苦长大的他知道几分耕耘几分收获的道理。一个人，只要认准了一条自己喜欢的道路，并为之不惜代价地付出，理想就一定能够实现。

何学飞入伍的目的不是要立功，立功只是他付出之后的“附产品”。他想在部队长久地干下去，他喜欢这个职业。他觉得只要军装穿在身上，再小的个头也不显小，一种强大就会油然而生。每天晚上熄灯后，何学飞的新的生活就开始了。他打着手电，悄悄地复习着功课，他要考学校，他要加入到警官的队伍中去。一年半的时间里，他利用业余时间把高中的课本全部看完了。

他志在必得地走进了全军统一考试的考场。结果也对“天道酬勤”做出了最好的解释。何学飞考取了武警森林指挥学院的本科。

到北京读书是何学飞第一次离开南方到北方。北京这个过去皇帝们选下来的福地却让何学飞不太喜欢。它的气候干干的，春秋时节呼吸起来有一种土的味道，而夏天却又是热得出奇。冬天最难过了，要穿毛衣毛裤。在来到北京之前，他还真不知道中国人还有这样的衣服。把毛衣毛裤穿在身上，他觉得整个身体无形中就增加了负担，让人迈不开步，浑身上下哪都不爽。他怀念着西双版纳的生活，闭上眼睛都是荡漾着的花香。

对北京的气候虽然不适应，但在警校的四年时光是充实的。课本里有无穷的知识，未来又是无限的光明。毕业之后，他将以一个警官的身份出现在战士面前，他将把他的队伍带得无比优秀。他又将以一个警官的身份出现在父母面前，他将给当了一辈子农民的父母带去一份他通过努力争取来的荣誉。

何学飞被理想鼓荡着的警校生涯紧张而充实。他和所有的学员一样盼望着早些毕业，投入到建功立业之中去。

2012年夏季，何学飞如期毕业了，等待和迎接他的是大兴安岭深处的奇乾。

带着新奇和梦想上路了。何学飞还不知道等待他的将是什么样的生活。

莫尔道嘎是一个陌生的地名。何学飞到了大兴安岭支队才听说了这个古怪的名字。好在他以前在少数民族地区生活过，对于这样没有一个具体意义，只是蒙古语音译来的地名他知道没有什么好琢磨的。可是，在去往莫尔道嘎的路上，何学飞发现了新事物。而且这个新发现竟让他心潮起伏。

莫尔道嘎早几年前搞起了旅游开发。不知道是哪位高人提出了一个口号——南有西双版纳，北有莫尔道嘎。

原来莫尔道嘎人在向西双版纳看齐。想想也有道理，都是以森林风景而著称，一个是中国最南的森林，一个是中国最北的森林。这种提法合理又亲切，还朗朗上口。可是他们却忽略了一个事实，人家西双版纳是热带雨林，一年四季都是旅游旺地，那里的植被丰富得成立体式，从树下一直到树冠，被各种植被覆盖着。而大兴安岭除了落叶松就是白桦，简单得就像是东北人的性格，一来二去，根本就没有那么多的枝枝桠桠，当然也缺少了那么多的缠缠绕绕。

何学飞是被梦想鼓舞着来到奇乾的。虽然毕业的分配去向与想法落差太大，但是他在此时还没有意识到即将面临的困难。在遥远的最北方，能够看到西双版纳这样的字眼，刚开始他还觉得有些亲切。但没过一天，他便觉得那些口号对于他来说是莫大的讽刺。

生活在莫尔道嘎的人提起来西双版纳可能是一种梦想，而对他这个曾在西双版纳生活过的人来说却是一种残酷。反差太大了。8月份的奇乾已经要穿上衬裤了，不然会有一种冷从脚底下往身上爬。而这种衣物在西双版纳是他不曾穿过的，就是在稍冷的湖南他也没有穿过。

随着树叶的飘落，他身上的衣物越加越多。好像树上落下来的叶子都覆在了他的身上。10月刚到，雪花落下来了。第一场，他还觉得好玩，咦？这么早就落雪了。第二场雪又来了，啊？怎么这么大呀。第三场雪压在了第二场雪上，啊！奇乾的生活是这样呀！哈哈，曾在西双版纳，现在莫尔道嘎。

第一年冬天，何学飞尽管在努力地向别人学习，但是没有一点御寒经验的他还是没有学到全部保暖方法。他不知道有热水袋、暖水宝这些北方必备的东西，他连套帽、棉手套、皮大衣等各种物品的使用时机和功能都没有搞清，第一个彻骨寒冷的冬天就过去了。

直至两年之后，也没有几个人知道一到冬天就要缩成一团哆嗦着的中队长竟然有着在西双版纳生活过的经历。

夏天还好过，棉袄一脱，奇乾的夏天就到了。好像中间根本就没隔着春天。可是夏天又实在太短，还没来得及让身子彻底从寒冷的感觉中苏醒过来，冬天又来到了。

一想到冬天，何学飞的眼中就布满了恐惧，真实存在的恐惧。打再大的火他没有怕过，干再重的活他没有怕过，但是一想到奇乾的冬天，他就不由地把身子往一起缩。

何学飞在冬天里感觉自己就是一个半清醒半昏迷的动物，像是进入了冬眠之中。晚上钻进被窝，睡不着，从早上一直凉了一天的脚在被窝里还是麻木的。他把两只脚交替着搓，可是觉得像是两根木棍碰在一起。有时睡到半夜醒过来，他伸手摸摸脚，脚还长在腿上。

何学飞在蔬菜大棚里能够感受到一种温暖

可是摸起来就像是摆在床上的物品，根本就不是自己的脚。转过身再看，睡在另一头的司务长却把被子掀起了一个角，好像挺暖和的样子。他不知道为什么别人都能忍受这里的冬天，而他不能。

睡不着，何学飞穿着棉衣坐在被窝里想第二天的工作。他不敢回忆西双版纳，一想起来身体上不仅不会温暖，反而会有一种痛。他盼着天快点亮，天亮了他能够出去跑跑步，使劲地跑，身上会有一些热乎气。他坐在床上还盼望奇乾早日有电，因为他已经听山下的人说过，北方还有一种东西叫电褥子，人躺在那上面睡觉一宿身上都是热的。

北方的冬天，奇乾的冬天，何学飞被痛楚埋没的冬天。别人可以说出来，他不能说。他是一个干部，要带好头。再有，何学飞从荣誉室里看见过早些年中队冬季的照片，他一直没有弄清，那些老兵当中有没有湖南人。如果有，他想打电话问问他们怎样才能把冬天尽快度过。

何学飞离开西双版纳还没有几年，但是他觉得西双版纳已经让他回忆不起来了。他的思维早被冻僵了，就像是他在冬天里的双腿，麻木而机械。但是膝盖处的疼会让他觉得他还是真实的存在。

后来，一个老兵告诉了何学飞一个可以让冬天减少的办法——在冬天休假。何学飞觉得这是个不错的主意。可是，干部休假是要轮着来的。例如他想在2014年的冬天回家把婚结了，可是排长的婚期也定在了冬季。何学飞说，那你先来吧。

西双版纳到莫尔道嘎的距离到底有多远？用百度搜一下两秒就会有了答案，但是何学飞用青春行走的这个距离却太过于艰苦和漫长。

2. 罗建军忍不住回忆查钱的日子

奇乾是一个让人忍不住回忆的地方。尤其是像罗建军这样在深圳闯荡过多年的年轻人来到这里，两相对比之后，回忆便是自然而然的了。

罗建军是2013年9月从甘肃入伍下连后分到奇乾的。新的征兵时间调整，让他们这批兵在另一个角度成了受益者。他们在新训期间没有体味到以前的老兵们在冰天雪地里站军姿，在风雪中跑五公里的艰苦生活，他们的新兵生活从9月开始。

那个时候内蒙古草原湛蓝的天空中正有一队队的雁阵飞过，秋天刚刚到来。塞外的风刚微微吹起，掠走的是夏天的炎热，带来的是一种秋天的清凉。在营区的操场上，这些年轻的战士正在向着新的梦想地进发。

12月初，罗建军他们这一批新兵下连了。分到内蒙古总队其他支队的战士坐在火车上看到的是树叶落尽的树木，而来到奇乾的新兵们却发现，上山的路已经被大雪封住了。同样是在内蒙古，气候却有着这么大的区别。

罗建军开始了奇乾的生活。他一个月的津贴费是六百元。他对这个数目虽然有些失望，但想一想能够把军装穿在身上，心里还是得到了极大的满足。尤其是当他听说那些干了十几年的老兵也只有四千元多一点的工资时，他更是得到了一些安慰。

罗建军在奇乾的日子里有些与众不同。因为其他的战士基本上都是从学校入伍的，而他不是，他是在深圳见过大世面的，虽然这津贴费和在厂子里时挣的钱比起来少得几乎就不算钱，可是和战友们比，他也是挣过大钱的人。

入伍时，罗建军打工几年挣下的钱除了给了父母九万，自己的银行卡里还有着一笔可观的数字。他不知道到部队什么时候用得上，所以留了一手。可是到了奇乾，他才猛然发现，在奇乾，钱只是一个想象中的数目，不是实际生活中能用得上的。换句话说钱在奇乾可以等同于零，零的意思就是可以算作什么也没有。

在深圳打工时，罗建军在一个电子表厂上班。头两年他只是一个普通工人，到了后来，他就成了厂里的骨干，可以说是绝对的骨干。一年，罗建军好不容易休假。刚到家，老板打来电话让他必须返回深圳，原因是一批新生产的电子表被销售商退了货。刚刚到家一天，罗建军一百个不愿意回，但老板给出的加班费很可观，要急着盖房子将来娶媳妇的罗建军心动了。

老板出机票，下了车老板让打车。这些待遇足可以看出来罗建军在厂子里的地位。最早，罗建军当学徒的时候可不是这番境况，每天要给师傅沏茶倒水，还要接受师兄们的挑剔，但是罗建军硬是把师傅的手艺全学下来了。最开始师傅带了两个徒弟，坚持下来的只有罗建军。别人学三个月的东西，他一个月就能学下来，这样的徒弟师傅自然喜欢，带起来省心，还懂事。

拿罗建军自己的话讲，他不仅仅是聪明，他还“出活”。别人一个晚上出七十块手表，他能出五百块。这样的工人老板自然也喜欢。不仅仅老板喜欢，连同老板的外甥女都喜欢。当罗建军提出要当兵时，第一个提出反对意见的是老板的外甥女。那个深圳的本地姑娘一脸不高兴，罗建军知道她为什么要这样阻拦他。但是父母已经给他打了电话，必须马上回家，家里已经帮他报上名了。参军这件事，是家里早和罗建军商量好的。

那次回到深圳，罗建军到了厂里就发现手表的问题出现在表针上。问题找到了，需要马上解决，老板给罗建军一个星期时间，让他带领工人把十万块手表全部修好。罗建军坐在操作台上干了三天三夜，最后实在坚持不住了，住进了医院。老板很大方，三天时间给他开了四千元工资，给了四千元奖金，另外又给了两万元提成。罗建军躺在病床上查钱，查一遍心里美一遍，他觉得自己就是老板离不开的摇钱树。

老板是有些离不开罗建军的。只要深圳哪一家商场出现了新款手表，老板把罗建军派去，买回来一块，有的甚至只是看一看，第二天，罗建军就能把仿制品放在老板的桌上。这样的“山寨”方式是很多厂子惯用的方法，但哪一个更强就在于技师的仿制能力。罗建军被老板用得得心应手。

家里困难，罗建军喜欢钱，但他觉得人的理想不能完全盯在钱上，虽然每次发工资的时候会有一种极大的快感，但躺在床上时他却觉得人是空虚的，就像是一台挣钱机器，起早贪黑地工作在流水线上。

在奇乾，罗建军终于体会到了人生中还有另一种痛苦是有钱花不出去。在奇乾，可能做到以物易物，但用钱却买不到商品。当然，中队的车下山买菜时，可以让司务长帮忙带一些东西，但那没有花钱的真实感。

罗建军的生日是8月1日，父母便给他起了这样一个有些传统的名字。罗建军更有传统一些的事情是，他最喜欢的文章是小学课本里的《董存瑞》《黄继光》《为人民服务》。他和战友们讲，当他读到这些文章的时候，他就觉得自己长大了，要挑起当兵这个担子。

到了奇乾之后，罗建军一直说他不累，干活不累，打火也不累，他在打工的时候把所有的累都经历过了。以前他是被老板诱惑着鼓着劲儿，而现在他却是被梦想驱动着。

罗建军不知道自己的卡里还有多少钱，因为津贴费是按月往那张原先就有余额的卡里转的。他已经有将近一年的时间没有触摸他的银行卡了，他的银行卡存在为莫尔道嘎战士转账的老王手里。

罗建军也有一年多的时间没有大把大把数钱了，深圳那个工厂开工资的日子成了有事没事时回忆的场景。他不知道原先数钱的日子是真实的，还是现在不花钱的日子是真实的。

在奇乾，罗建军想着两件事：一件是怎么才能做到家里要求的，必须听领导的话；另一件是母亲要求的，不能乱花钱。

3. 李应广入伍前那叫走南闯北

来到奇乾的每一个人入伍前都有过一段属于自己独有的青春记忆，有的人在工厂里打工，有的人在学校里就读，有的人在社会上闯荡，各有各的精彩，各有各的不同。

上士李应广的阅历可以用丰富来概括。

李应广的父母是河南人，一直在内蒙古做调料的生意，后来他们就把李应广的户口从人多地少的河南弄到了地广人稀的内蒙古。李应广小时候只要一放假，就会坐着父母的运输车和父母一起开始“闯天下。”

短短的几年时间里，李应广走遍了银川、乌海、准噶尔、乌鲁木齐，在他的行程中他看到过沙漠，看到过戈壁，看到过雪山，也看到过宽阔的河套平原，可谓是见多识广。在和各地各民族人的交往过程中，李应广逐渐加深了对社会的理解。

可是，随着远行的次数增多，李应广越来越觉得做生意是一件很无聊的事情。每天看着父母查账和讲述生意经，李应广觉得年纪轻轻就开始从他们手中接过挣钱的衣钵不是他的追求。

李应广要入伍。父母欣然同意。

新兵下连后，李应广被分到了奇乾。他和所有的新兵一样，经历了一次感觉奇异的行程。从莫尔道嘎往奇乾走的路上，两侧的森林全部挂满了冰挂，每一棵树，每一个枝条都成了玉树琼花，只有一条路在窄窄的林隙间穿过。看惯了沙漠的风尘，望遍了戈壁的荒凉，第一次看到这样的美景，李应广感觉如临仙境，真是美极了，靓极了。

可是，走着走着，李应广的心情却低落了。视觉上出现疲劳的同时，心里也出现了一种茫然。他从沙漠和戈壁上知道了什么叫作广阔，一眼望出去，无边无垠的沙漠虽然透着一种荒芜，但还透着神秘。可是现在眼前的森林虽然犹如仙境，同样无边无际，但却是透着恐怖，不知道森林深处隐藏着什么，也不知道转过山路会发生什么。什么也看不清，什么也看不透。

车辆要过冰包了。

⊕ 李应广不知道自己的窝在哪，但他想给鸟弄个窝，能够引来金凤凰似的

李应广感觉到了车子在向冰包的一侧下滑。他要抓住点什么，可是车里没有把手，他死死地扣住座位，又不想让车上的战友们看出他的恐慌。实际上他的内心由于惊恐而忘了再去欣赏路上的景色。

路上的景色还有什么可欣赏的呢？没完没了的白，没完没了的同一个样子。刚刚上路时的兴奋已经没有了。只是怕再遇到他闻所未闻的冰包。可是冰包还是出现了，最早先出现时，他由于没有经历过，因为无知而无畏。现在不同了，当车再爬上一个冰包时，他感觉到车马上就会翻倒。

藏在棉手套里的手心已经出汗了，但整个手却还冻得冰凉。

见多识广、走南闯北的李应广此时顿悟到，奇乾绝不是一个他可以想象得到的地方。事实上也正是这样，车从莫尔道嘎出发，刚刚到达白鹿岛，就已经翻过了两个大冰包，而且他还听到最难的路在后面。习惯了在平路上行走的他开始惴惴不安。

到达奇乾后，李应广已经分不清东南西北了，只能凭着经验，依据住房的朝向判断出一个大概方向。营房后面是高高的山，另外三面是密密的林，只有眼前的营房孤零零地立在风中。

李应广用了整整一个月时间，才适应了这种没有电的生活。他来到奇乾的时候是2003年，那个时候吃水还要到河边拉，雪落满了院子，扫也扫不过来，只能用铁滚子把雪在路面上压实，等待春天时它自行化去。

半年的时间里，李应广没有给家里打过一次电话，信也没写。他不知道怎么向父母来描述他的寻梦之旅。用他对后来新兵的话讲，整天什么话也不想对别人说，就是空落落的，心一天天地飘着。

2004年6月，李应广被中队选出来下山去学开车。当听到这个消息时，李应广心中万分地高兴，在山上一年半了，终于可以下山去见一见世面了。从他得到下山学车的消息到他下山为止，这期间让他觉得比在山上的一年半的时间还要长。如果说以前的他是对生活没有太多的期盼，日子过得不紧不慢，现在却是眼前有了光亮，而他看得见，却伸手够不到。

学完车，李应广在大队工作了两年。在那里工作，他反而又感觉到了一种不适应。那时，他才蓦然发现，他已经在不知不觉中喜欢上了奇乾。他喜欢那里人与人之间的纯洁，他喜欢那里生活的简单与纯粹，他喜欢那里空气与河水的纯静。

李应广再一次回归了奇乾，他认为奇乾是世界上最美最好的地方。回到奇乾后的李应广当上了炊事班长，同时还开着车。只要遇到了火情，他就会把战友们运到火场，然后熄了车的火，便开始点燃灶上的火。他成了一个忙碌而充实的人。

奇乾的生活对于李应广来说距离过往确实是太遥远了。以前做生意时，处处都是人，天天在谈钱，而奇乾却给了他完全不一样的生活，也让他重新审视人生的道路应该如何走。

2009年4月，中队下山买菜的车坏到了半路上。一直到夜里十一点，救援的车辆才赶到。在等待救援的时间里，李应广找遍了全车，只翻出一袋方便面，好在奇乾的车上放着自救的锹镐。那把铁锹发挥了重大作用。他们在雪地上架起火，用铁锹铲上雪，一点点烧化，然后再把烧开的水小心翼翼地倒进方便面口袋里。他们用这样的方式解决了吃饭的问题。

在吃着烧开的雪水泡得半生不熟的方便面时，李应广一直在想着他的过往。他的过往里全是各种调料的味道，而眼下的方便面却什么滋味也没有。虽然方便面没有味道，可是奇乾却给了他各种各样的滋味。

可以回忆，无法忘记。

4. 郭叶东渴望着重新呼吸温润的空气

奇乾的空气无比清新。在方圆几百平方公里范围之内，唯有奇乾中队东侧锅炉房伸向天空的烟囱会产生带有工业性质的污染，余下的都是森林，高山，河流。这里是天然的氧吧，不容置疑。

几十公里外的白鹿岛已经成为一个新的旅游地，在夏季，外地自驾游的车辆会三三两两地驶入这片森林。

可是，奇乾的冬天不行。空气虽然还是清新，但空气干冷得没有一点生机。树木被冻住了，河流被冻住了，零下五十多度的气温把人的思维也冻住了。

来自呼和浩特的战士郭叶东觉得他的生命也被冻住了。

刚到奇乾，刚吸到第一口空气，郭叶东已经感觉到了死亡的来临。鼻腔一下被粘住了，冷空气钻进鼻孔里，像是一把把锋利的针在刺痛着他鼻腔中的所有细胞，鼻黏膜不像一层薄膜，而像是一块干巴巴的塑料布贴在鼻腔里，而鼻毛被冻得直直的，像是一根根小刺，鼻腔中犹如爬进了一只刺猬，抽动一下鼻子，鼻毛就扎一下鼻腔。他又不敢喊报告，队伍还要集合，中队的干部还要讲一下班级分配。

郭叶东没有想到潜在的鼻炎会给他带来这么大的麻烦。进得班级，屋里暖和了一些，刚刚被冻住的鼻子开始复苏，呼吸有些匀了，他不再需要像鱼一样张着嘴呼吸。可是鼻腔里此时却又感觉像是炸裂开了。被冻住的鼻黏膜被室内的暖空气一滋润，血液就加速地流动开来。由于血液流动突然加速，他又觉得鼻子里像是爬满了小虫，痒痒的，他用手擦，鼻子没有出血，但他觉得血流满了鼻腔。

没过多久，郭叶东在夜里睡不着了。不是被冻醒的，而是空气无法通过他的鼻腔，他被憋醒的。他只能坐起来，大口大口地吸气。

战友在梦乡中鼾声四起，有的梦话连篇，他却在一点点思考着自己以后的日子。室内室外都是伸手不见五指的黑。他看不见战友，但是却能听到他们的声音。

郭叶东的鼻子无法呼吸给他带来了极大的困难。早晨出操，每次刚刚出门他就会感到鼻子失去了知觉。裹在出操的队伍中，别人都在用鼻子出气，两缕袅袅的白气汇聚成一团热气往上飘。他却是张着嘴，哈哧哈哧地向外一股一股地喷气。

郭叶东本来就少言寡语，他不想把自己鼻子上的问题渲染得人人尽知。别人知道了又能帮助他什么呢，或许，别人的鼻子也是这样难受呢。

当有一天终于坚持不住时，军医仔细地端详了他的鼻子，然后告诉他，这是鼻炎。

郭叶东的鼻子是不适合在奇乾的，但他没有办法逃离。本来就是想出来当两年兵，尽一下义务，完善一下自己，两年的时间还坚持不下来吗？郭叶东告诉自己，再难受也得在这挺着。

但有时这种不会要人命，却让人心烦的病不是靠挺就能挺过去的。郭叶东被带到了山下。郭叶东下山的时候心中突然有一点侥幸，如若不是这个鼻炎，恐怕他要一直在山上待下去的，借着鼻炎的光他还可以到莫尔道嘎去转一下。

可是山下也是冷。也就是说，他的情况不论是在哪，只要是冷的地方都不适合。这就没有办法了。后来，他做了一个手术，但是效果不是想象的那样好。他天真地以为，做了一个手术，他的鼻子就会变成烈火不怕坚冰不惧的铁鼻子了。其实不是这样，手术过的鼻子该疼还是疼，该难受还是难受，里面该是化脓还是化脓，还是原先的老样子。

郭叶东问医生，是不是我这个手术失败了。医生说，鼻炎的手术不会立竿见影的，别的病是三分医七分养，鼻炎却是一分医九分养。

郭叶东听明白了。他的鼻炎并不全是他鼻子的问题，而是奇乾气候的问题。只要空气暖和了，一切便会好了。于是，郭叶东开始极为心切地盼望春天的到来。他对寒冬的恐惧超出了所有的战友。

冬天在郭叶东的盼望中一点点走远了，而防火期却一点点走近了。郭叶东没有想到的另一个问题又出现了。他只是知道天气不再寒冷，呼吸会顺畅些，鼻子会好受些。可是冬天一去，就是防火期，一进入防火期就要每天训练，还要上火场，防护面罩往头上一戴，呼吸又不行了，冬天鼻子呼吸不了，他可以用嘴，而戴上防护面罩之后，里面燥热得不行，用嘴呼吸也不行了。他只能一会摘下来面罩，一会又戴上去。可在火场这是一个非常危险的动作。

夏天对郭叶东来说也不是好过的季节。

或者可以说，郭叶东在奇乾一年四季都很难过。别人想家是一阵一阵的，对某一件事不适应是一时的，而他要天天呼吸，要把气喘匀，只有那样他才浑身上下舒服一些。呼吸已经成为他的头等大事。

不用父母劝他，他自己在心中给自己立起了一个倒计时的钟。他说他不是逃避，他无论如何也要把在奇乾的两年时光过好。等到退伍回到草原上，他会在蓝天白云之下痛痛快快地呼吸，哪怕他的家乡春秋两季总要沙尘迭起，但除了那几天之外，空气总体还是比较温润。

不论他怎样盼着回乡日子的到来，他都知道，当他离开奇乾的时候一定会哭。眼泪会像平时的鼻涕，忍不住地流。

郭叶东过往不是昨天与今天的距离，他的过往是温暖和寒冷之间的距离。

5. 史继承们定将会被奇乾中队的官兵深深记得

奇乾中队自组建以来，获得过很多荣誉，但在规格上却还没有走出内蒙古总队。奇乾这个森林部队中高级干部人才的摇篮早已花开遍地，仅在森林部队中计算，一个几十人的小中队，在短短几十年时间里就能出两名将军，十名师职干部，近三十名团职干部，可以说创造了一个中队的传奇。但是纵观奇乾中队的历史，虽然有过集体二等功的荣耀，连续被总队评为基层建设先进单位，被指挥部评过先进，但其成就和名气显然是不匹配的。

处于边远少数民族地区的奇乾中队和这里的少数民族群众一样，实在而不注重虚华，向上而不图虚名。但是奇乾官兵多少年来艰苦创业的事迹和形象是可以感召更多的人学习的。

内蒙古大兴安岭支队政治处主任史继承在一次次深入奇乾的过程中，被那里的官兵长年累月的付出和主动奉献所感动。奇乾开始吸引更多人的目光，奇乾开始被更多的领导关注。

为了让所有的中队均衡发展，支队实行了常委包中队责任制。奇乾有幸迎来了史继承这位奇乾“名誉战士”。这是个从北大荒广袤大平原入伍的，对国学有着深厚了解的研究型政工干部。一年至少两次到奇乾，一住就是十天半个月，这使史继承对奇乾的发展与建设有了更加透彻的分析。

通过多年的了解和认识他的心中有了一个念想，他要让奇乾从深山里走出去，要让更多的人知道奇乾，让更多的人理解奇乾。

早些年，奇乾一直在用烧柈子的方式取暖，现在已经开始用煤。虽然经费开支大了一些，但效果更好，也能减轻战士们的负担。以前菜蔬上基本是自给自足，现在大多数蔬菜由山下市场供应。原先奇乾打不通电话，现在电信讯号已经落户深山。所有大山里的变化都在改变着官兵们的生活。史继承把这些变化都看到了眼里。他认为，如果说奇乾以前是艰苦奋斗，那么当条件一点点好起来，当官兵的精神进一步富足起来，艰苦就不再是问题。但是奇乾的魂是什么？史继承认为，奇乾官兵几十年来，有人关注的时候他们在训练、在执勤、在战斗、在建设，没有人关注的时候也是如此，他们的核心本质是主动作为。不用领导操心费力，自己就做好了自己的事情。而主动作为成为一种精神品质体现出来时，才是一种更难能可贵的精神。

史继承喜欢凝聚在奇乾官兵身上的这种气质，这是官兵一生都会受益的精神财富。而奇乾的这种精神也需要提倡与发扬。

在奇乾的日子里，一向能够主动作为的中队主官们向史继承汇报自己的想法。他们要在营区后面的森林里，沿着阿坝河修建一个可以让官兵们修心养性的绿色栈道。史继承知道了他们的想法，还想知道他们的做法。

贺虎林向这位知心的领导和盘托出自己的想法。修路队正在修路，打路影时砍下了许多落叶松，那些木杆在路边扔着也是一种浪费，中队把他们捡回来废物利用一下，在房后的林子里修出一条栈道来，那该是战士们休息时一个多么好的去处。

人遇知音。史继承说行。他对中队干部的想法打心底里赞成。得到了政策上的支持后，中队的行动也变得非常迅速。贺虎林带上两个老兵在森林中设计路线，尚国义带领战士们从公路边往中队拣木杆，排长带着一伙兵把木杆根据需要锯好，二班长领着一伙兵给木杆扒皮，一班长带着班里战士在勘察好的路线上负责打桩……

一切按计划进行，有条不紊。

不到一个月，一条由17876根木杆铺成，闪着原木光彩，带有观景台、垂钓台、赏花台等十几种景观小品的栈道在中队后面的森林里顺利建成。曲曲折折的栈道在森林中蜿蜒着又转回了中队，成为一道美丽的风景。战士们闲暇之时，三三两两散步其间，乐哉悠哉。

看着一个个顶着中午的太阳加班抢时的战士，看着一个个晒得黝黑的官兵，史继承知道只要人心齐，便没有克服不了的困难。

栈道修成了，一班长卜晨光面对这个浸着自己汗水的成果又提出了新的想法，他想带领班里的战士给栈道再修出一个气派的大门。意见一出，又得到了史继承的支持。

史继承的国学基础有了应用之处，他和贺虎林反复地琢磨着要给后花园的大门嵌上一副寓意深刻又切合实际的对联。经过一连几天的推敲和思考，最终凝着史继承智慧和功底的对联出现在了木

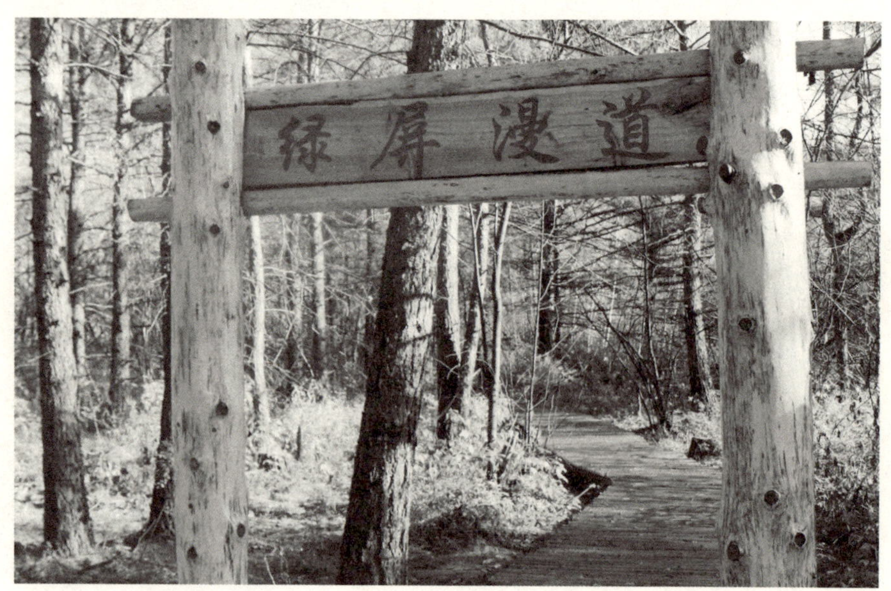

⊕ 中队通向河边的栈道木门

门两侧。

“路漫漫曲径通幽唯上下求索，水潺潺细流入海因不舍昼夜”。这是一副既写实景又寓意颇深的对联，战士们读得懂史主任这个老兵的心思，更明白他寄予在这里的希望和要求。

中队的建设自然需要资金支持，而困扰中队建设的也正是这个问题。史继承在党委会上陈述，奇乾的发展与变化，奇乾的建设得到了党委的重视与支持。

很快，木栈道的防腐漆得到了解决，菜窖的改建得到了支持，卫生设备得到了加强。奇乾中队在党委的关注下朝着越来越好的方向发展。

奇乾的老兵体会最深的是奇乾近两年来的发展之快与变化之大。中队在一门心思思考如何生存，文化建设正在加强，文化品位正在凸显。原先那个以艰苦而著称的中队，艰苦的本质依然，而战士们的精神却变得更加昂扬。

史继承给予奇乾的关注有他作为领导的责任，更多的是他欣赏奇乾精神，并被其所吸引。支队领导投注给奇乾的目光里面不包含同情与可怜的成分，他们知道奇乾的官兵不需要同情，他们只渴望被理解。他们也不需要更多的宣传，他们就像森林里盛开的野花，不会为被人欣赏就开得盎然，也不会因无人理睬而推迟花期，他们只盛开给自己的青春。

但是史继承们终将会被奇乾的历史所记住，是他们的努力让沉寂在森林里的最基层单位被更多的人所知道。

一批批的媒体正在循着不通邮的路纷至沓来，要把几十年来迟邮的奇乾告诉那些生活在城市当中的人们，正在把媒体的热量放逐这片山野，暖开久冻的冰层，让奇乾的官兵从寒冷的岁月深处走向遍地花开。

过往不仅仅是时间流逝多远的问题，迈过昨天的门槛，昨天便成了过往。只是这迈与未迈的距离需要去行动。

与故乡的距离

找不到故乡的方向，只好把故乡藏在被泪水浸过的梦乡。说不出故乡的距离，只能望着家乡的方向，一遍遍在心中思量。

1. 布约小兵算不出家乡的距离

警营与故乡的距离到底有多远，布约小兵一直也没计算清。刚到奇乾的时候，他的心思几乎要飞回家了。到这里仅仅一个多月，他就不再考虑转士官的事情了。当初的万丈豪情被奇乾冷酷的现实击得七零八碎。

由于从小讲的是彝族话，布约小兵甚至连四川话也弄不太懂，现在一下子走进了一个大多数说普通话的群体里，他差不多什么也听不懂。别人在学习，他却只能是发呆。有些老兵看着这个肤色黝黑，不喜欢说话的彝族小伙，甚至还曾有些怀疑他的精神是不是有些问题。

但是布约小兵有他的长处，训练好。可能正是由于不善于交流，他把精力都用在了训练和作战上的缘故吧，他的军事训练一直名列前茅，在奇乾只有何洋洋才能超越他。

训练之余，布约小兵喜欢一个人想心事。有时他会一个人坐在河边漫无目的地想，他想着这个山外会是什么样子。他从小就习惯了想山外的事情。只不过以前是在四川的大山里想，那时想山外至少是可以望到满眼青翠。而到了奇乾，他又陷入了入伍前的思维状态，只不过这次，他是望着枯黄的山林想山外。在家里，想象山外的景象时，电视还能帮助他提供一些辅助的画面，在奇乾连这样的待遇也没有了，他绞尽脑汁地想也想象不出外面世界的色彩。尤其让他苦恼的是他想找到家乡的方向，但他连这点也做不到，只能随便地想象出一个方向，好像家就在那里了。其实，他不知道他所处的位置与家乡之间要隔多少森林，多少草原，多少河流与大山，他更不知道这两者之间的距离有多远。

布约小兵与家乡的距离不是公里上的距离，而是时间上的距离。

⊕ 在奇乾，学历没太多的用途，生存和本事最实用

两年之后，他不是退伍就是转士官。他在思忖这件事的过程中，喜欢上了奇乾。奇乾有些像家乡——人少，奇乾的兵有些像家乡人——简单，奇乾的战斗——精彩，这些都是布约小兵在时间的河流里觅到的新感觉。

被人欣赏是一件快乐的事。虽然不用多少语言来沟通，但是布约小兵能够读到别人眼中的内容。当兵第一年的时候，中队伐树时需要在树上拴住绳子，以便控制树倒下的方向。偌大的一棵树，又直又高，怎么才能爬得上去是让许多人发愁的事。布约小兵的心被搅动了，他对中队长说我能爬树，我上去吧。

中队长看着这个平时不怎么说话的新兵，知道他不是在讲大话。刚叮嘱了几句，布约小兵已经蹭蹭蹭地爬到了树上。部队真是一个有意思的地方，从来都不怕你有本事，不论有什么样的本事都会有用武之地。布约小兵在树顶上，不仅仅看到了战友们的诧异，也看到了惊奇，还有羡慕。他的心里美极了。爬到树上，可能会望得更远一些，但他还是望不到家乡，只是温习了一下在家时的感觉。

布约小兵的爬树本事是从小练就的。在他的家乡，几乎所有的彝族少年都能爬树，在树上，他们的动作依然灵活如履平地。

2009 年 6 月，中队上山打火。大火被扑灭后，还有一棵十几米高的树从中间往外呼呼地冒着烟，树变成了一根活着的烟囱。如果不把树里面的火弄灭，很可能会引发更大的火灾。

中队长的目光又转向了布约小兵。只是用目光交流一下，布约小兵就得到了一个爬树的命令。他喜欢这样的目光，这样的目光比语言更容易让他接受。布约小兵用绳子往树尖上运水，然后倒进树心里，他觉得这是一件很快乐的事情。战友们都在树下围着他看，他感觉他在奇乾不再是一个无法与别人交流的人，他正在和大家融为一个整体。

但当训练停下来的时候，布约小兵还是要计算与家乡的距离。他的家乡与奇乾成了他人生中的两个点，这个点和那个点之间没有线，两个点是独立着的。入伍前的十几年，他在那个点上，现在，他的人生又落在了这个点上。

终于，在他有了探亲假的那一年，一条回家的路把奇乾和故乡连在了一起。可是，那条探家的路，实际上更像是一团线，缠得乱乱糟糟。

2010年冬天，布约小兵终于在时隔两年之后走出了奇乾。那个时候他已经是一个爱上了奇乾的士官。他要探家去看一看想了两年多的大凉山里的亲人们。

离开了熟悉的奇乾，坐上了牙克石开往北京的火车，布约小兵一下子又变回了刚到奇乾时的沉寂。他觉得坐在火车上的他竟然像是一个外星人，对面坐着的人讲的话他一句也听不懂，而车厢里的人们穿着打扮似乎是他从来没有见过的。猛然间，他才想到他已有两年没有和社会接触。好在一同休假的还有支队另外两个彝族战士。要不然他真怕别人会把他当成另一个物种。

火车在奔跑，楼房在飞快地向后退去。布约小兵趴在车窗上使劲地看着窗外，一切都是新奇的，像是一幅幅流动画面，这幅还没弄明白，下一幅又迅速地连上来了。时间在不知不觉地流淌着。

在入伍之前，布约小兵从来没有走出过大凉山。入伍之后，布约小兵又从来没有走出过奇乾。可以说，整个世界对他来说是完全陌生的。这种陌生让他没有意识到这个社会其实是很复杂很麻烦的。火车到了北京，布约小兵和老乡谁也不知道下一步该怎么走。他们忽略了一个很严重的问题，就是在探亲之前他们没有向别人打听一下回家应该怎么走。只是以为在牙克石坐上火车就是回家了。

火车到站了，布约小兵不得不跟着旅客们下车。可是在被人流携裹着出了站后，他们又不知道该到哪里去坐车。也不知道咨询处哪里有。后来，好不容易问到了去四川要到北京西站去坐车，他们又不知道该怎么去西站。

一切都变得有些狼狈不堪。可是连打火都不怕，布约小兵又怕什么呢。

到了西站，布约小兵觉得自己又傻了。那么大的一个车站，到哪里买票，又到哪里等车。等问来问去问到了售票处，才知道当日和第二天回家的车票已经卖光了，只有在北京住下了，不然没有其他办法。

出了北京西站，布约小兵愣愣地站在广场上，难道这里就是从小听说的北京么？人来人往，人头涌动，没有一个是他熟悉的面孔。霓虹闪闪，车水马龙，这里竟然没有安身之处。还是家乡好，还是奇乾好。

布约小兵和战友拎着包找到了一家小旅店住了下来。突然离开了奇乾那个环境，布约小兵晚上睡不着了，马路上车实在是喧嚣，就像是一种折磨。长这么大，他还从来没有在这么嘈杂的声音里待过。他和战友商量，好不容易来一次北京，去看一看升国旗吧。

战友表示同意。他们也想看一看升国旗。可是，又怎么去天安门呢？

第二天，布约小兵和战友打了一辆出租车。司机问去哪，布约小兵说去天安门。出租车把他们快要拉到天安门时，司机对这几个目光发呆但看起来很帅的小伙好奇起来，问他们去天安门干什么。他们说去看升国旗。司机笑了，说每天升国旗是有时间的，今天升旗时间早就过了。

布约小兵在心里想，升国旗原来还有时间呀。

国旗在天安门广场上空飘扬着，布约小兵看到了护旗兵，也看到了数不清的人群。他想，这护旗兵真幸福呀。每天会有那么多人陪着，他每天能看到那么多的人，那么多的车。

余下来的两天，布约小兵就在旅店里待着没动，他觉得北京不是他想象中的北京，他怕出去把自己弄丢了。他只属于他的大凉山，只属于他的奇乾。

又在路上辗转了两天，布约小兵终于回到了家乡。老布约看着家里进进出出穿着军装的儿子，十分欣喜。他想让布约小兵讲一讲在外面看到了什么新鲜景。布约小兵讲各种各样的树，讲森林。老布约说，讲讲人么。

布约小兵讲，北京的人太多太多了，火车上的人太复杂太复杂了。

大凉山又属于布约小兵了。坐在家门口的山上，他又开始像入伍前一样想象着外面的世界。可是不管怎么想，他的眼前只能幻化出奇乾的样子。

二十几年的人生中，布约小兵就在山与山的对望中走过。只不过这两处山离得实在遥远，遥远使他始终没有算出距离。

2. 卜晨光喜欢坐在山坡上望呀望

在所有的中队和连队中，一班长这个词有着与众不同的含义。就像是每个家庭的老大。但是家中的老大是按父母生育的顺序进入这个家庭从而获得的地位。部队里的一班长不是，他是所在单位通过对比衡量评选出来的。在全连的队列中，一班长是第一排第一个。

当第三年兵的时候，卜晨光当上了一班长。他的一班长是从副班长过渡来的，他当第二年兵的时候，当上了副班长。

卜晨光那批兵注定要写入奇乾中队史册。2003 年新兵下连时，他们正好赶上中队扩编，来的新兵比往年都要多。那一年又正赶上中队确定了争当先进中队的目标。于是，2003 年的春天伊始，全中

⊕ 卜晨光创造的杰作已经成为景点

队开始齐心协力向着那个目标努力。结果，那年年终，奇乾中队如愿以偿获得了先进。为此，连队特地开了一个军人大会来宣布这个结果。后来，奇乾中队又无数次的连续获得这个荣誉，但是给卜晨光他们的记忆还是那一年最为深刻。

2014 年秋天的时候，卜晨光已经明确地知道自己的军旅生涯即将走到尽头。这是他在部队的最后一年，不管有空没空，他都会一个人坐在中队后面高高的山坡上俯瞰中队的营区。他总想静静地把军旅走过的十二年时光仔细地回味几遍。可是每当坐在那个山坡上时，他不知道应该从哪里打开回忆的闸门，时光已经变成了无数的碎片，无法重新进行缝补。包括有些激动人心的故事都变得模糊。那些故事发生的时候还觉得激动人心，可是随着时光远去，岁月把它和他磨得都没有了棱角。

第一次坐在山坡上，卜晨光很容易就判断出了家乡的方向。向那个方向望过去，除了茫茫的森林什么也看不到，再怎么使劲望，视野中所呈现的还是森林。他便把目光往回收，山下，就是中队。一座孤矗的小楼，一个半个足球场大小的营院陷在森林的包围之中。这个营院只是偌大的森林里的一颗痣，在他心中却是无限大的一个家。

每一次从山上下来，卜晨光好像都有些收获。他能够收获到一种实在的拥有感，他的拥有感就是中队这个家。他要想着办法把这个营区美化出来，没有多少外人来，只是自己做出来给自己看，那样舒服。他带着他的兵用木杆做起了栅栏，又用木杆做出了标牌，还有风景。

2014年的夏天，卜晨光对中队干部说，中队通往阿坝河的路上缺了一样东西。指导员贺虎林知道这个一脑子点子的家伙智慧的火花一定又闪烁。贺虎林相信卜晨光。

卜晨光把在脑袋里盘算已久的想法说了出来。他想给那条路建一个门，一个木头门。至于怎么做，做成什么样的，他都合计好了。贺虎林与他可以说是一拍即合。说干就干，没过一周，一个赫赫亮亮又极具林区特点的木式结构的原木门立了起来，两侧的木桩上是魏碑体的对联，对联由政治处主任史继承亲自拟定。通过那道门，一直往前走，沙石路弯转过后，便是那条日夜歌唱的阿坝河。

奇乾成了卜晨光真正意义上的精神家园，但是这里却终将不是他人生的全部，他终将远去。他在离队前要更多地留下自己的影迹。

坐在山上望山下是他的习惯，但是只有站在山下望着山上时，他才会有上山向下望的想法。

日子过得有些漫不经心，卜晨光觉得与其漫漫地等信，不如静静地望山。中队后窗正对着的山上是成片的樟子松。在他入伍来到中队的时候他就已经接受了关于“樟子松精神”的教育。这片原始森林远远近近几百公里之内长着的都是落叶松和白桦，但是不知道为什么偏偏中队后面的山坡上就奇迹般地长出了一片樟子松。后来有林业专家考证后讲，那是候鸟飞过带来的种子，鸟粪里的种子在这里发了芽。那些种子也偏偏更怪，它只在山崖峭壁上发育，让长出的樟子松历风雨，经严寒，时间一久，樟子松专挑艰苦之地扎根，面对严寒浑不怕就成了奇乾中队精神的一个侧面。

卜晨光目光落在那片山坡上，那是一大片开阔而没有树木生长的山坡。每到夏季，黄花菜便会在那片坡上开出一大片的灿烂与金黄，整整一山坡的风景。除了这块山坡，在林区里再也难见到这么成片的花海。黄花落尽，紫色的桔梗便开始登场，它完全不顾及黄花菜开败的忧伤，它以更长的花期显示出自己独特的风格。这个山坡，是奇乾中队独有的野生花园。

说是花园可能不太准确，每到了冬天，这个朝阳的山坡还会成为动物的晒阳场。不知从哪里来的狍子，会携家带口成群结队地出现。人与狍子相隔对望，互相打量。

卜晨光在属于他的军旅第四年时，终于抑制不住一种设想。他要把那座山坡变成奇乾中队真正的花园。他这个想法是随着阿坝河的解冻跳跃而出的。如果再早一个月，这条河还是结实的冰面，他们可以从容地滑过冰面，爬上山去。而当他终于想好了在那个山坡做出什么样的风景时，阿坝河已经开始了又一年里新的歌唱。

卜晨光和班里的兵做了一条水衩，也就是一条用做雨衣的材料做成的带有靴子的齐胸裤子。穿水衩的人把班里的战友从营区这面一个一个地背到阿坝河对面，他们再带着锯子爬到山上去。卜晨光已经实地测量过了，大一点的那个山坡横面长一些，可以摆得下两个长宽达到二十米的字。而那两个字他也反复想过了，就把他们的心愿说出来。那两个字是在他心中翻腾了许久的“尖兵”。从山下看山坡还不是太陡，但是想要攀爬上去却是需要四十分钟。当他们爬到山顶，从营区看他们，每个人都变成了分不清面目的人影。山下的兵用对讲机指挥着山上的他们，他们用绳子拉出了字的大体形状，然后再从另外的山腰就地取材运来白桦木杆，作为拼字的材料。整整一个星期，卜晨光带着班里的兵干得热火朝天，很快，山下的战友们意识到了卜晨光的一班在做一件什么样的工程。待了这么多年，大家的视觉都出现了疲劳，但是还真没有人想出来在这抬眼望见、低头想起的山坡上做出什么样的文章。

“尖兵”两个字慢慢地出现了大体的轮廓，山下的战友们的心随之也被点燃了。他们的心中一直有着一个做尖兵的梦想，这回他们的梦想是被卜晨光真真切切地摆在了山上。

“尖兵”两个字完工了。这两个字成了一道风景，甚为壮观，只要从公路一转进通往中队的路，抬眼就能看见，离上几公里远也能看清它的一笔一划。

中队的战友们有的怀着好奇也爬到了山上，才发现，在山下看起来仅仅是一道印的笔划，每一笔的宽度竟然是十来根白桦杆合在一起的结果。粗略地一算，仅是那两个字，就用去了上百根白桦杆。想象不出来，卜晨光带着全班的战士在春寒料峭的山上，用什么样的动力完成了这样的工程。

这项工程完成后不久，卜晨光又发现了中队废弃的一堆铁皮。他的目光又望向了另一个更加陡峭同样是光秃秃的山坡。卜晨光是有办法的，在奇乾多年，他不仅练就了艰苦奋斗的本领，更是把自力更生玩味得透彻。那些铁皮被他三整两弄，变成了一堆谁也看不清是什么的碎片。卜晨光又带领班里的战友们开始向后山进发了，当他们把那些剪裁过的铁片再进行整合时，“永远做党和人民的忠诚卫士”又赫然出现在另一个山坡之上，与“尖兵”二字相映生辉。

卜晨光没有和别人讲过他到底为什么要这样做，他只是在一次次望家乡的过程中，把心和这里一次次贴得更近。故乡遥远得不可望，更不可及，而他已经一点点收获了属于他的成功，已经积累够了自己衣锦还乡的资本，一连几次荣立三等功，让他成了奇乾中队不可缺少的一名骨干，即使是在森林部队中有着赫赫声名的大兴安岭支队，他也成了一个官兵皆知的人物。但是他还是不肯转身离去，他有些固执地等待着服役的最高年限。虽然他已经具备了提干的条件，但是提干的事情却和他擦肩而过。

卜晨光的望乡也可以理解成一种等待，他在等待可以探亲的日子。当第一次探亲成为现实，他和大多数兵一样闻到了家里熟悉的气息，却一时不能融入那个有些陌生的环境。不论做什么事，他都要问父母有电么。开始的几天父母还觉得是不是这个孩子出了什么问题，后来看到他对各种电器熟视无睹才猛然发现儿子在外的几年确实是在与世隔绝中度过的。

在卜晨光越来越习惯奇乾生活时，一个有些能耐的亲戚不止一次地问卜晨光，想不想调走。卜晨光猜测那个亲戚是不是从父母那里听到了什么，卜晨光很明确地告知对方，我不走，就在奇乾。

卜晨光这样的话在早些年前中队让他汽训的时候就曾讲过，他不知道是怎样变得与这里不可分割。哪怕他知道有时因为没有电，饭堂里做出的馒头会有像是巧克力的颜色，哪怕有时整个冬季天天都是在炖菜中生活，但是这里已经成为了他生命中最重要的一站。在这里他从一个少年变成了一个无比成熟的青年，他用了十二年的时间在这里思考了生命的意义。他觉得自己不是一天天在光阴中老去，他是在一天天和树林一同成长着。

2014年的深秋，卜晨光涉过河，再一次静静地坐在“尖兵”的笔划上，抬眼一望故乡的方向，泪水就漫过了心堤。他知道，他即将告别，却不知还有没有机会归来。他将在另一个遥远的地方，深情地遥望自己生命中的奇乾。

家乡还是家乡，奇乾却即将要成为故乡。

3. 朱代康喜欢面朝林海回忆春暖花开

“5·12”汶川地震发生时，朱代康还是一个初一的学生。地震发生时，家住成都的他感到了强烈的震感，所幸是他的家离震中较远，没有受到什么损坏。

学校停课了。朱代康每天站在家门口看着一队队军车驶向灾区，无数的解放军和武警官兵精神抖擞地向灾区开进，他们像是守护神。朱代康想到了几个字：一方有难，八方支援。这几个字是他在心里想到的，与街上的条幅和标语无关，是他真真实实的感受。

地震了，朱代康的心被震动了——长大了我也要当兵！这是朱代康最强烈的感觉。

朱代康的父亲是一个建筑工人，母亲在一家保洁公司工作，他是家里的独生子。他又是一个出奇懂事的孩子，平时从不给父母惹麻烦，有时还能给下班归来的他们做好饭菜。父母也是看到了家乡受灾时救灾部队的威武形象，他们对朱代康的从军想法给予了极大的支持。

朱代康赶上了第一批秋季入伍。2013年9月，朱代康告别了天府之国来到了内蒙古。此时的成都还烈日炎炎，而草原上却是秋高气爽，雁阵成行。朱代康对这次从军远行倍感珍惜。

然而，新兵连的一场先进人物报告会却让他内心掀起了巨大波澜。奇乾中队一个叫郭喜的老兵在向新兵们讲述如何扎根艰苦地区做奉献的同时，还描述出了什么叫作艰苦。郭喜用奇乾替代了艰苦所有的含义。新兵朱代康对雪曾经有过向往，但是他觉得郭喜讲述的奇乾的雪却带着无限的恐怖。那怎么可能是人待的地方呀。朱代康不是不相信郭喜的讲述，从郭喜的皮肤上、眼神中，他都相信确确实实有个奇乾存在着，但是存在得又有些不太真实。

郭喜做完报告走了。但是朱代康的问题却来了，他在心中一直祈祷下连时千万不要分到奇乾呀。他没有经历过那样的风雪，他的家乡四季都处在油菜花的金黄之中，处在湿润的气候之中。朱代康觉得自己幸运一点的是他不是大兴安岭支队的新兵，他是赤峰支队的新兵。这样一分析，他开始有些同情那些一入伍便分到大兴安岭支队的新兵了。

然而变化总比计划快。新兵下连时，各个支队都要往大兴安岭这个最大的支队分配一些兵员，朱代康被命运点中了。真是怕什么来什么，朱代康要服从命令听从指挥，他硬着头皮来到了奇乾。他没那么高尚，他不爱这个艰苦的地方。

一路向北，朱代康知道离家乡越来越远。

刚到奇乾，朱代康就看见了郭喜。郭喜一身煤灰站在欢迎的兵群中看着这些新加入的后来者们，他的眼里像是在看着又一批播下的种子，满是期望。在一年年迎接新兵中，郭喜都已经麻木了，他已经体会不到这群兵会有怎样的失落，他只知道习惯就好了。

脚真实地踩在传说中的奇乾的地上，朱代康的心反而踏实了。来就来了，别人都走过来了，郭喜班长都待十几年了，我也会习惯的。不用别人做思想工作，朱代康一下子就变得实际起来。四川兵在军营里历来以能吃苦著称，其实他们更是以乐观闻名。朱代康不需要别人帮忙做工作，自己已经开始考虑怎样面对眼下的现实。

⊕ 冬天一到，这扇窗户上就全是厚厚的冰霜，想向后山望一眼却什么也看不到了

奇乾送给他的现实还是比想像的更残酷一些。在家乡，他没有经遇过如此的严寒，新训时天气刚刚变冷。而朱代康到达奇乾时，却是奇乾最冷的时候。元旦了，雪大了，要做雪雕了。朱代康和战友们把雪堆到一起，用木板压实，然后再由那些经验丰富且有艺术功底的老兵把雪块雕出一个主题。还有另外的老兵开始从阿坝河里往回运冰块，他们还要用冰做出各种形状的冰雕。

冰雪的奇乾，和冰与雪打交道的奇乾。朱代康在寒冷中看着眼前这个冰雪世界。

奇乾确实不是郭喜口中的传说，朱代康看到了这里的真实。一个老兵急着办其他事，随手把手中的湿拖布放在了中队大门口的水泥地面上，等两分钟后他再去拿时，拖布已经冻在了地面上。他一使劲，拖布杆脱了下来，拖布头牢牢地冻在地上，像是一个蓬头散发的人头，看起来又滑稽又无奈。

还有一个战友，他把洗过的衣服拿到外面去晾，还没把衣服挂起来，听到集合哨就走了。等再回来时，盆里的衣服已经冻成了一个冰疙瘩。由于没有生活常识，也没想到把衣服拿到屋里慢慢解冻，两个兵使出浑身的劲摁着衣服袖子就掰了起来，结果生生地把袖子折断了。

这里的生活真是无奇不有。郭喜曾经的描述是枯燥的，只有生活才更丰富多彩。奇乾真是冷！冷得有些诡异，不知道那些冷空气是从哪里漫了过来。

朱代康在心底一遍遍地想着一组词：坚持、坚守、坚强……他知道冬天过去春天就会来临。这个爱读书的战士从图书室里翻看关于奇乾的画册。在画册里面，他看到了奇乾在严冬过后的美景，这里有花有草有树木。

春天在盼望中一天天临近了。朱代康看到了正在返青的森林，生机无限地展现着。面对着森林，他总能想象出花开遍野，其实他想象出的景象就是他家乡的景象。

四季在以它特有的步伐行进着，在季节的轮换当中，朱代康和每一批来到奇乾的战士一样，已经开始认可并喜欢上了这里。他成了这里的一个通信兵，他的主要任务是在火场上传递信息。他在和父母的通话中，有些浪漫地讲，他在这里正在进行着一个漫长的旅游。

这就是一种态度，一种热爱生活的态度。只有热爱了生活，生活才会更多地回馈一个人快乐。逃避永远不是最明智的选择。朱代康和所有奇乾兵一样，不管最早喜欢不喜欢这里，最后都是对这里付出了真诚与热爱。

故乡是春暖花开的故乡，奇乾却天天让他面对林海。

4. 张继成终于理解了父亲所有的心思

张继成从来都没有想到路会那么漫长。从呼和浩特坐上火车到牙克石竟然走了三天三夜，而这三天三夜竟然还是在内蒙古境内，他真的不知道那是因为火车太慢还是路太遥远，也有可能是他在记忆上出了问题。因为他觉得自己是睡了一觉睁开眼，接着再睡上一觉。睁开眼时，看看周围的战友都在，接兵的干部也在，那就是没到站，那就可以放心地接着睡。反正他现在也不想去想太多的事情。新兵下连带来的激动早已经在车轮的咣当声中消逝在了路上。

到了牙克石，张继成又换上了另一列火车。他发现从牙克石开往莫尔道嘎的火车比先前乘坐的火车更慢，慢得他觉得自己的心跳都要停了下来。血像是被冷风冻住的河水，在缓缓地流淌。

第二天上午，火车停在了莫尔道嘎。在那个小火车站向外一望，张继成有了新的发现，站外居民的房子大多数是用木头做成的，院子也是用木栅栏围起来的。看来真的是到了林区，不然，家家怎么能那么奢侈地使用木头呢。

张继成不由得在心里悄悄地把眼前的一切和家乡对比起来。他的家乡在吉林长春，那个省会城市还算是繁华，尤其是通贯南北的人民大街，实在是又直又宽。这几天走过来的路，真的有些让他不敢恭维。伴随铁路一直走过来的公路像是扔在地上的一根方便面，曲曲折折，欲断未断的样子。而在家乡，城市之外就是一望无际的大平原，望也望不到头。可自从进入林区以后，却是望也望不到边的森林，尤其是这森林不知道到底有多大，有多远，总之是走也走不完。

他的这种走也走不完的概念仅仅是开始。从莫尔道嘎继续向奇乾行走之后，张继成终于明白了，什么叫作大森林。这兴安岭哪里。又是用一个“大”字就能形容得了，那叫神秘莫测。翻过了一道岭，还是一道岭，转过了这个弯，还有一个弯，不知道路要延伸到哪里。但是张继成坚信着一条，路的尽头，一定是中队，哪怕是走出去了五六个小时没有见到一座房子，没有见到一户人家。

汽车在路上走着。走过之处没有车辙，因为风很快吹来雪，把那道浅浅的车轮印痕盖住了。

张继成想接着睡觉，可是他已经睡不着了。他十分好奇地想着，奇乾到底是一个什么样的地方，怎么会让他下连之后，走上几天才能到达。

入伍之前，张继成在建筑公司当质检员。工资不太高，但工作也不太累。当他到达入伍年龄时，父亲征求他的意见。他没有犹豫，他想当兵。他看过父亲以前当兵时的照片，他觉得父亲真是帅极了，与生活中动辄就和他动手的那个人简直是判若两人。照片里的父亲精干，眉宇间还透着一股文质彬彬。可是眼前的父亲却由于他的畏惧而显得魁梧和严厉。张继成想过很久，自己如果穿上军装是不是也能变得父亲那样帅气。

但是父亲还是担心他，临入伍时安慰他，你先到部队去，到时候我再想办法帮你调动。父亲这样说是因为张继成穿上军装后，心中有一点不甘。他以为自己能去当解放军，他喜欢玩枪。后来他又退一步想，或者是在内卫部队也好，他喜欢在城市里巡逻。没有想到站在他眼前的接兵干部是森警。他的心里有些失望，父亲只好这样来安慰他。

到达奇乾后，张继成用手机搜索了一下家乡位置。他站在操场上迷茫地望着四周的森林，一点方向感也没有。天是蓝的，地是白的。山岭在不远处起伏着，风在耳边刮个不停。2013 年 3 月的时候，奇乾的信号已经不错了，张继成很容易就在手机上找到了长春，不过是用手划过了无数道屏之后才找到了那两个熟悉的字。奇乾到长春，在手机上的理论数据是直线距离八百八十公里。如果再往前推两年，奇乾还没有手机信号的时候，张继成是真的算不出家乡的方向和距离。

张继成在信中向父亲描述奇乾的生活。他的父亲有些兴奋，你们那里也是大雪封山？你们那里也是没有电？你们那里也是不通邮？你们那里也要劈柈子？你们那里也是见不到山外的人？

张继成父亲当兵的时候在长白山的森林里，是边防部队。二十世纪八十年代的那里和张继成现在的生活几乎一个样。父亲对张继成说了一句对他在奇乾生活最为重要的话——吃得苦中苦，方为人上人。他对张继成说，没有想到你当兵去了一个这么好的地方，两年的时间不长，但你要是在这里认认真真待上两年，你就会与众不同。

父亲食言了。原先他还打算想办法把张继成调走，没想到他在这里找到了自己托梦的地方。他想让儿子好好地体验一下自己曾经的生活。张继成这时才明白，原来父亲先前说把自己调走，竟是想把自己调到更加艰苦的地方去呀。如今一看这里是最艰苦之地了，调动的念头也便打消了。

张继成开始了他的奇乾生活。有时想家了，他也会在被窝中悄悄地流眼泪，但是他从来不认为流泪是哭。他要用流泪但不哭的方式把自己变得更加坚强。他在心里发誓要在两年之后让父亲看到一个消失了两年的儿子会是什么样子。

2013年6月27日，在伊木河，张继成打了他入伍之后的第一场火。一天一夜战斗下来，他的腿都抽筋了。但是他觉得他比父亲要幸运得多，同样都是在森林里当兵，但他是真正战斗过的勇士。他给父亲打电话时很牛气地讲述了这次战斗，电话这头的他腰板挺得很直。这幅身躯在他十三四岁的时候还曾接受过父亲手中棍子的洗礼，而现在却已经是一个敢打敢冲的战斗员了。他觉得父亲为他做出的这种选择非常正确。

2014年8月19日，张继成突然接到中队通知，明天有车下山，这回轮到他下山去看一看。这个规定是新来的中队长尚国义和指导员贺虎林做出来的。大城市去不了，莫尔道嘎是最近的繁华之所了。

凡是入伍两年没有下过山的上等兵，中队都安排一次随买菜车下山的机会。这个消息来得过于突然，以至于张继成都没有想出来有哪些东西需要买回来。

临出发前，他兴奋地给父亲通了一次电话，告诉他自己要下山了。电话那头的父亲不知道奇乾到长春的距离，也不知道奇乾到莫尔道嘎的距离，但是从儿子的电话中，他感觉到了儿子确实是在一个遥远的地方张扬着青春。

20日，张继成随着中队长下山了。他又看见了楼，他又看见了穿着地方衣服的人，他又看见了饭店的招牌，他还看见了一些学生。他觉得自己又回到了人间，而突然想不起来这一年多的时间自己去了哪里。他也不知道故乡跑到了哪里。

5. 王震的梦想是把他乡变故乡

2003年以前，奇乾中队的生活用水要到警区后面的河里去拉。拉水最遭罪的时候是冬季，每次拉水都要出动十几个官兵。他们要用长长的铁钎子在河中心轮番上阵，才能打出一个可以放下水桶的冰眼。冰河到中队的距离只有二百米，但在寒冷的冬季，等把水运到中队的时候，水桶上面也能够结上二厘米厚的冰层。奇乾冬季的日子一开始，战士的心里就要先结上一层冰。煎熬并不只是在热锅里，奇冷的奇乾给人这样的体会更深。

后来，中队有了深水井，官兵们用上了自来水。只不过这自来水和城里的自来水有着巨大的区别。奇乾的自来水不是说有就有，只有在发电的时候，才可以把水抽到水箱里。即使在室内两天之后，自来水里的水还是浸着彻骨的寒。

2011年3月，从安徽阜阳入伍的王震来到了奇乾。对于在中原大地上长大的他来说，奇乾有无数的新奇让他觉得不可思议。中原的三月已是草长莺飞，奇乾的三月却依然被一尺多厚的冰雪包裹得严严实实，风一吹，地上还冒着白烟。后来，他才发现那白烟是风吹起的雪末。

王震到了中队不久，便成了郭喜的徒弟。郭喜收徒的标准不高，只要对机械修理有一点点基础就行，如若真的没有基础，有着无比的热爱也可以。王震这两点都具备了。

烧锅炉也好，发电也好，看起来像是技术活，有时干起来却是体力活。奇乾的这两样宝贝用的频率太多，所以出故障的次数也多，机器内部一打开，各种密密麻麻的线路和管路看起来就会让人头疼。遇到这些问题，光靠体力解决不了，可有时一修就是小半天，没有体力根本不行。

最开始的时候，王震就是跟在郭喜后边看，时间久了，他自己也想鼓捣鼓捣。郭喜前前后后带过三四个徒弟，基本上都是刚刚出徒便退伍返乡了。王震却喜欢上了奇乾，也喜欢上了这种忙起来能忙死人、闲起来也闲不住的日子。

⊕ 新一代生产队长王震

战斗班的兵在过了防火期以后，工作相对会单一一些，就是两业生产和专业训练。而在后勤班，每天的日子都一样，不一样的地方是机器时好时坏。所以，王震和郭喜两个人基本上没有多少闲着的日子。

冬季取暖的时候，王震和郭喜的生活便成了三点一线——宿舍、发电机房、锅炉班。王震有时在背后看郭喜的样子就想笑，郭喜总喜欢背着手站着，那是他琢磨机器时形成的一个姿势。别人身上大多都是干干净净的，可是班长的身上不是一身土就是一身灰。王震总觉得郭喜像是一个物业经理。

对王震影响最大的人还是郭喜，第一年在郭喜身边的时候，王震想不通郭喜每天晚上只休息三四个小时，这么多年是怎么过来的。和他交流时间长了，他发现，他不知不觉中成了郭喜的影子。

但是他想超过郭喜。他才不想所有的日子里都跟在郭喜的屁股后呢，虽然郭喜是他心中的标杆。郭喜已经获得过二等功、三等功了，嘉奖和优秀士兵更是无数，尤其让王震觉得牛的是，郭喜还获得了森林部队的“十大绿色卫士”。王震知道自己在荣誉上不可能超过郭喜，但他要在技术上超过他。

在王震还没有来到奇乾之前，郭喜最怕的事就是休假。一想到休假他就要考虑中队的发电机和锅炉房怎么办，以至于当了十几年兵，探家的次数都不超过一巴掌。但王震转上士官就变得好办了，他想长干，所以郭喜愿意把有限的本领全部教给他。

锅炉房里的高度不够，排尘不好，每次烧锅炉灰尘都非常呛人，这样的工作环境对身体的损害是显而易见的。可是郭喜能做得到，王震就得要求自己做得到。排风不畅的时候，就要手动去维修。冬天每天都要用喷灯烤上十多分钟，被冻住的设备才能正常运转。别的战友们还在睡觉，他已经在五点多开始起床发电了，不然六点多炊事班起床做不了饭。在奇乾，所有的工作都像是自行车上的链条，一环连着一环，每个节都要和齿轮严丝合缝地扣在一起。发电房和锅炉房是最重要的两个环节。

每天晚上七点多钟的时候，王震还得趁着发电机还在工作往水箱里抽水。水箱安在了中队的三楼，在走廊的最高处挂着。那个大大的水箱能够装六七吨水，这些水能够让全中队的官兵用上一整天。每次抽水的时候王震就扶着走廊扶手望着水箱，水哗哗地往水箱里注着，水箱里面传出的声音由先前的空洞一点点变得厚重，水声也由于落差一点点变小，慢慢变得缓慢和平稳。王震像是在欣赏音乐入了迷的观众，就站在那专注地听着。

还差三十厘米，还差二十厘米，还差多少他都能够准确地听辨出来。几年下来，王震已经练就了这样的一个功夫。只要一听，就知道水箱里大概有多少水。他这个本事已经超过了郭喜。因为通常这个时候郭喜都是守在水泵前，等着王震在对讲机里喊关闸。郭喜要是不在的时候，王震就自己往水房跑，他会把时间控制得恰好。

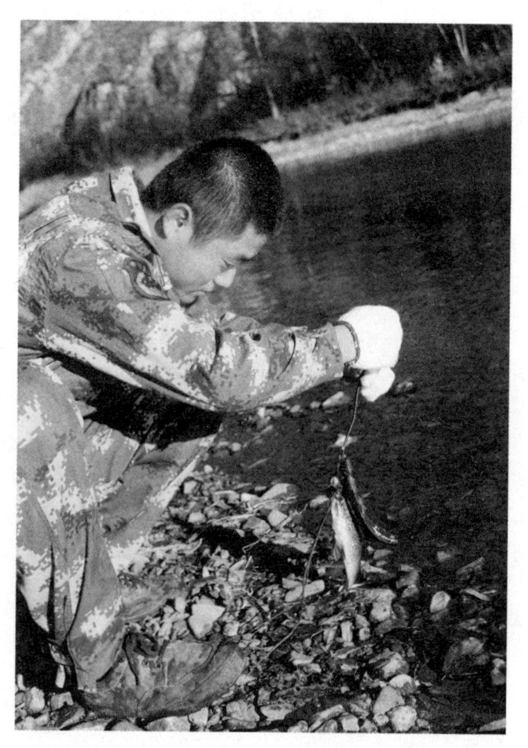

⊕ 下网捕鱼

阿坝河蜿蜿蜒蜒地绕着中队营区画出了一个弧，然后一路欢唱着向五公里之外的界河流去。阿坝河清澈见底，从春季开河始，一直到深秋，十来种淡水鱼在河里自由自在地生活着。郭喜是中队最为有名的渔王。有的时候中队改善生活或是机关来了人，实在没有拿得出手的菜，郭喜就要到河边去下几片网。王震觉得郭喜会的东西实在是多，就连捕鱼也会，难免在心中暗暗崇拜，但是他更想学。

王震很快摸清了下网的要领，也找准了哪个卧子里鱼多。阿坝河水是清澈的，“水至清则无鱼”这句话在这里被推翻了。虽然你看不到鱼在哪里游，藏在哪里，可是只要下了网，鱼从来不会做对不住王震和郭喜的事。你推我让地轮番牺牲，这回你上网，下次它上网。

每次起网，王震都要暗自和郭喜比一下谁的鱼多。这个将近一米八个头的小伙子脸上的表情是腼腆的，但内心却是处处较着劲儿。王震没想到在走过的日子中，他还获得了一个“二表妹”的昵称。他想不起来这是谁送给他的绰号，也不知道这个绰号怎么一下子就在中队叫响了。刚开始，别人一叫二表妹，他的脸就红红的，后来他也学会了自娱自乐，会很大方地告诉别人，我是二表妹。他主动这样暴露自己是二表妹的原因是一定有人会问大表妹是谁。那个时候，王震就笑眯眯地指着郭喜说，他是大表妹。看来，王震想超越郭喜还是有“难度”的。

王震入伍的时候也不知道自己会到哪里，他和所有的战友一样，没来到奇乾的时候不知道奇乾，但当来到奇乾之后，就一点点地爱上了这里。他爱上的不是这里的艰苦，他喜欢的是这种看起来淡淡的日子里，有着一种不同寻常的精神，那就是人人都在努力地向上着，而每一个人都在极大的理想落差中寻找着理想的落脚点。

有时王震也在想，自已会不会像郭喜一样在这里干到最高服役年限，会不会把这里变成自己的家乡。一想到这，王震就觉得故乡离他越来越远，远得要在记忆中消失了。

与社会的距离

你下你的海呀，我爬我的坡。爬冰卧雪并不算什么，只是社会在远处灯红酒绿，奇乾却在深山里孤独寂寞。

1. 李奎海下定决心离开并不是不爱这里

2014 年底，奇乾中队炊事班下士李奎海决定退伍，主要的原因是这个从抚顺入伍的老兵已经深深地感觉到了他的思维跟不上社会的节奏。如果再干一期下去，他真的不知道将来回到家里会如何生活。

奇乾官兵每当休假回到山里，都会深刻地感受到闭塞带给他们的后果就是与社会严重脱节。虽然他们无一例外地深爱这里，但是奇乾永远不会成为他们一生的栖居之地，他们终有一天会离开。

奇乾官兵中流传着这样一个段子：女友让买苹果六代，奇乾兵却给买了六袋苹果。

这是一个听起来有些令人发笑的故事。这一定是假的，却也说出了这里与社会的距离。内地的年轻人谈论的都是什么大片要上映了，网络上又出现什么新游戏了，哪个明星又开演唱会了，谁又发了什么新曲，等等，而奇乾兵谈论的就是打火、训练、自己和对方的女朋友。他们的生活就是一条直线。

在炊事班做饭，李奎海最怕的是冬天做早饭。别的战友们还在睡觉，炊事班却要起床到厨房忙活去了。冬天冷，做馒头的面要多发一会儿，如果时间短了，面饧不好，蒸出来的馒头就会发硬，严重的时候就会多大块面团进的锅还是多大面块出来，整个就是一个面疙瘩。让一天要训练的战友们吃不上饭，那是天大的丢人事。

可是冬天的炊事班实在是让人望而生畏、近而发怯的地方。整个营区还处在一片黑暗之中，李奎海却要带着班里的人摸进厨房。一推门，屋里的冷气便会扑面而来。停了一夜的火，炊事班的地面上会结上一层薄冰，踩上去直打滑。

其他的战友要从外面往厨房运木柈子。因为引火机煤也烧不着，只有木头可以点燃。

不仅仅是李奎海，炊事班所有的战士都怕做馒头。做馒头要揉面，揉面就要脱棉衣。只穿着马夹在面案前忙活，头上倒是成串的汗，可身上却冻得发抖。最可恨的是一烧起火，炊事班地面上的冰不一会儿就会化开，地面上总是湿漉漉的。穿着大头鞋站在地面上，也会觉得一阵阵的凉气从脚底往身里钻。

每天一进炊事班的门，每个人都

⊕ 晒在秋阳里的蔬菜

⊕ 李奎海每天都要吃中队的第一口菜

站在门口不愿往里迈，有一种上刀山的畏惧。摸到盆，盆是彻骨的凉；拿起刀，刀是刺骨的寒；触到锅，锅是硬冰冰的冷。摸到每一样炊具时，炊具上都像是潜伏了无数的针芒，一下子把他们的手刺得生疼。

冬天早晨的炊事班，对于李奎海来说仿佛就是一个刑场。天天要经受这样的考验。而明明知道是一种难受，是一种痛苦，却还要被一种热爱和崇高驱动着，大义凛然地走向那个刑场。

战友们只知道李奎海带领炊事班一众兄弟每天按时按点呈上的是饭菜之香，却几乎很少知道他们的内心感受是什么。因为，在炊事班的烟囱上升起缕缕炊烟之后，战友们才会从梦乡中被哨声催醒。

开始时，炊事班里没有一点生机，没有一点热乎气。但当大家忙得热火朝天、火旺水开之时，又是说不出的热。冷热一交替，俨然经历了寒暑两重天。

一天三顿饭，一年三百六十五天一顿不能少。

冬天的炊事班让李奎海感受到了痛苦，夏天的炊事班给他的却是难过。闷热的天气里汗流浃背地围着锅台转，也着实难过。如若老天不开眼，再不刮点风，烟囱里的烟不往外排，倒灌的烟熏得眼睛都睁不开。

李奎海就是在灶台前忙碌了那么多年。在家的时候，他也帮助家里做过饭，全是电器，只要指头好使就可以，按按钮就能把饭做好。可是在奇乾，现代化离得远远的，什么电器都用不上。就连引风机都不能按时工作。

李奎海的当兵岁月可以用烟熏火燎来概括。

这种苦他不怕。他朴实能干。

缺少菜蔬他也不怕，他有上好的厨艺，能够给战友们调剂好伙食。他最怕的还是被社会抛弃。

入伍前，李奎海和手机行业打过交道。他对各种通信设备可以说是了如指掌。不论是哪款手机，哪一种型号的手机，他只要搭上一眼，便能准确地说出它的各种性能。对于网络，他更是熟悉。他通过网络知道了世界的无穷大，但就是没有通过网络知道这个世界上还有个奇乾，而他拥有的奇乾会是如此的小。小得当他和同学们讲起这个地名时，同学们全都一连串地摇头说没听过。

李奎海在奇乾的日子里尽最大的可能获知着和电信行业有关的知识，因为退伍之后，他很可能要重操旧业。而当年那个非常专业的业务员，当了五年兵回到家，竟然连最普通的手机都弄不明白了，别人

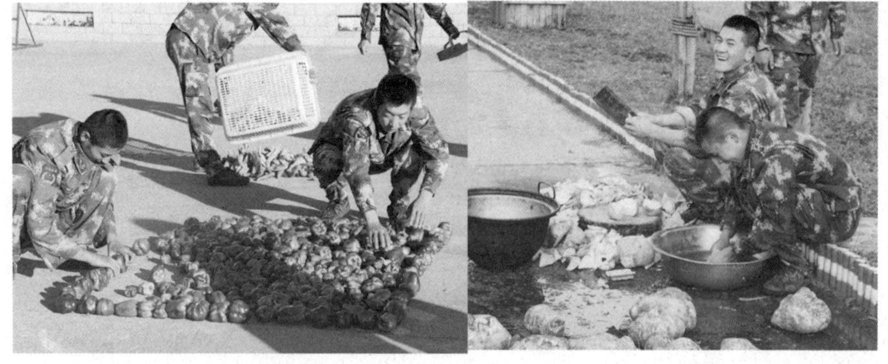

㊉ 收获的蔬菜要想办法晒成干菜，冬天的餐桌上就会多出一点花样

会怎么看待他当的这五年兵。

苦些累些，李奎海一点都不怕。中队信任他，才让他到炊事班为大家服务，三尺灶台燃烧了他多年的青春，可是最后他还要成为一颗回归社会的种子。在决定是走是留的日子里，李奎海每天忙完了工作就坐在房间里想自己的事情。

有时，看着战友们围着饭桌津津有味地分享着他的劳动成果，站在饭堂里他就会忘情，不知道自己在想什么。听战友们吃饭的声音竟然像是一首音乐，动听且喜人，品尝菜的声音，吮吸汤的声音，咀嚼米饭的声音合奏在一起，就是送给他的赞歌。

可是他得离开了。当初没有炊事班长，中队让他留下来再干一期时，他二话没说留下来了，一干又是三年。他为在奇乾充实而忙碌的五年感到一种荣耀。

在奇乾，李奎海对社会的距离感是最强烈的。他不像有些小兵一直就在山里生活，更能适应奇乾的偏僻。他是在城市里长大的，这五年的时间里，每次探家，他都感觉到了他和社会拉开的距离。他也不像郭喜、卜晨光他们，一入伍便决定要留下来。他当兵只是要尽一下两年的义务。没有想到他却用两年的时光喜欢上了这里。

李奎海有空时，又开始摆弄起手机。他要尽快地把奇乾和他未来的生活接连上。

2. 佟发达的重大发现从此让山上山下不再遥远

当通信网络像一张无形的天罗地网把世界罩在一起时，地球真的成了一个村落。在世界各地，只要你拨出你心中的一个电话号码，另一端便会有一个声音与你连线。

2013 年以后，大多数时间里奇乾兵已经可以做到与外面世界的电话通联，但要是往前推几年，随时随地往外打电话只是一个愿望。

2009年夏天，佟发达从警校毕业来到奇乾的时候，不仅仅带来了崭新的思想，还发布了一个天大的喜讯。

排长佟发达到达奇乾的时候已经被爱情滋润了好多年。到达奇乾后，他便急着给女友打电话汇报一下这里的情况，可是他举着手机满院子转就是打不出电话。老兵们笑，排长，这里是奇乾，不是北京。

老兵们说，这里只可以想老婆，想对象，这里看不到对象，这里也和老婆打不上电话。

佟发达觉得老兵们在拿他寻开心，他继续举着手机找信号。一个服役八年的老班长看排长实在着急，安慰他：排长，别找了，咱们这到了冬天都是生命禁区，现在是信号盲区。你要是听我劝，还是入乡随俗，要想跟对象有联系，一个办法——写信。

佟排长和对象处了这么多年，有事就是在电话里说，还从来没写过信，他觉得写信有点太浪漫。老兵说，排长，写信不是浪漫，是邮起来太慢。虽说一两个月才能收到回信，但总比手机实用吧。

佟排长说我这是刚买的新手机，挺贵的呢。总之不能闲着不用吧。另一个老兵出了一个更好的主意，那你就把这手机当手表用呗。

手机成了手表。只有新来的排长才会这么固执。老兵们的手机早都在柜子里睡觉呢，只有在休假的时候才能派上用场。手机当表不实用，它需要电，中队每天只在晚上发那么一会儿电，中队只要一发电，佟排长就赶快利用点滴时间给手机充电。唉，真是麻烦事。

第五天，佟发达带领战士们在训练场上训练。他把他正在当手表用的手机挂在了训练场旁边的一棵松树上，干净利索地示范起了器械动作。

佟排长的动作又高又飘，佟排长的神情又傲骄又阳光。只可惜佟排长的女朋友看不到他在深山里的表演。就在佟排长兴致勃勃地又一次把身体抛向空中时，他突然听到了“嘀”的一声短信提示音。

这声音太熟悉了，但这声音也太久违了。佟排长停下动作，飞身下杠，两步蹿到了挂手机的松树旁，眼睛直直地看着挂在树上被风轻轻吹动的手机。声音难道是从这里发出来的？

战士们没有听见排长的手机有声音，他们被排长一惊一乍的样子吓住了。这排长怎么了，正表演得热火朝天，人怎么就从杠上直接飞下来，又跑去看手机了？四五天来，就看着这个新排长有事没事举着手机四处跑，现在又着了迷了。是不是这排长精神有问题呀。

排长的精神确实出问题了。他把手机拿到手里，手机还是没有信号，可是手机里却奇迹般地收到了女友的短信。围上来的战士们也有些目瞪口呆了，这手机怎么就会突然传来了一条短信呢？难道出现了灵异事件？

还是排长先想明白了，刚才手机挂在树上，位置高一些，是不是在树上信号接收得好呢。他又把手机挂回了树上，他站在树下仰着头看。果然，手机里显示出了微弱的信号。佟排长兴奋地喊了起来，手舞足蹈的样子像是抱到了女友一样。

女友的短信翻山越岭地来了，奇乾能够收到手机信号了！佟排长几天来的苦苦寻找不知道是感动了上苍还是感动了通信公司，让他的手机里接收到了信号。佟排长的重大发现成了奇乾中队史上的大事。

经过反复试验，奇乾的官兵们总结出了几条规律：一是天气晴朗时奇乾才可能收到信号；二是能够收到信号的地方是固定的，也就是说不是哪一个位置都可以的；三是收到信号之后要把手机固定好，通话的时候一定要用免提。

从此，奇乾就又出现了一个警营奇迹，允许战士们打电话的时候，就看见战士们把手机挂在一棵高一些的树上，当然选择哪棵树也是他们经过反复寻找和论证过的。然后打开免提，也不管旁边的人是否听得见，开始对着电话喊。如果是哪个人和对象喊我爱你，旁边看热闹的战友也会帮着腔喊我爱你。

在奇乾，人与人之间没有隐私。从打电话这事上最看得出来。

后来，郭喜在锅炉房的后面发现了信号源，原因是他一直在烧锅炉，不方便去更远的地方搜信号，只能就近选址，他打电话的位置一边是煤堆，一边是灰渣，一根铁烟囱直直地插向了天空，上面还冒着烟，一般人不去那里，郭喜觉得在那里不受别人打搅，是一个最理想的地方。

两年多，他一直在那个地方打电话，即使别人告诉他有的地方比这里更好更干净，他也不想挪地了。他觉得他对那里已经有了感情，只要电话一通，看着眼前熟悉的景物，心情很爽。那个地方最大的缺点是锅炉嗡嗡的总在工作，有时听起来声音不是太好。但郭喜坚信那个铁烟囱能更好地帮助他接收信号。但是铁烟囱并没有给他带来多少好运，他在这打电话已经黄了几个女朋友。在他平时运煤的地方，可能真是有点“霉运”，不然怎么会是介绍一个对象黄一个呢，一直单身呢。郭喜已经不在乎这些了，反正已经有了信号，那以前没有信号的日子不也是熬过来了。他相信一定会有一天，有个心仪的姑娘会顺着电话信号找到锅炉房来。

王俊峰的信号源在炊事班的台阶上。平时，王俊峰吃过了午饭就要从炊事班给中队的几只狗带一些吃的，拿得太远怕凉了，通常他就在炊事班的门口给狗们开餐。看着中队的那几只狗吃得香，王俊峰的心里也挺美。美着美着，就要给狗们拍几张照片留个念想，可突然有一天他发现，在炊事班的台阶上手机竟然收到了信号，他觉得是那些狗给他带来了好运。从在台阶上发现信号之后，只要允许打电话的时间，王俊峰就坐在台阶上，抚摸着或靠在狗的身上，笑眯眯地给家里的小弟小妹打电话。王俊峰打电话也是中队的一道风景，他往台阶上一坐，狗们围成一圈，十分威武。只是他的手机不太先进，要是可视手机的话，对方一接电话，得要吓一跳。怎么王俊峰被狗包围了？

卜晨光喜欢在山坡上打电话，往山坡上一爬，他就觉得信号格噌噌就爬出来两格。电话一接通，那声音就是比中队清晰。位置站得高么，信号自然好。卜晨光有时觉得有的战友太懒，一边爬山一边打电话多好，锻炼通信两不误。卜晨光这种习惯养下来之后，他变得和别人有些不一样，他打电话的时候由于信号好了，说话声音就小，笑呵呵的，不像其他人还得总喊，一会儿喂喂喂，一会儿啊啊啊，风一阵雨一阵。他不用，他站在山坡上，眼睛望着接听者的方向，哪怕是根本看不见对方，但他也是觉得对方就在不远的一个地方望着他。有时还真会是这样，中队干部打电话给他，卜班长呀，山上风大，在山下打电话也能通，尽快回来吧。接到这样电话的时候，卜晨光还真能看见中队干部在营区向他招手。一有这种情况发生的时候，他就埋怨他们，是不是现在有信号了，你们就要找个人和你们通电话呀。以前这山上山下我们有事不就是直接喊么。

电话信号使奇乾与社会越来越近，写信的战士越来越少，他们在电话中尽可能地了解着社会上的变化。只是奇乾的信号还不是特别好，时断时续。最主要的原因是信号接收器在使用太阳能，而奇乾的太阳有的时候行，有的时候不行。

总之，一切已经越来越好了。奇乾正在通过电话和社会接轨。但是奇乾永远是奇乾，社会永远是社会，它们之间还是有着许多无法跨越的距离。

3. 卜晨光坐在北京站的出站口看人来人往一直到夜深

卜晨光的姥爷和舅舅等众多亲戚生活在北京，入伍前他不止一次和这个大都市接近着。可是，在奇乾的日子里，卜晨光似乎忘记了北京的模样。安静的河流，安静的森林，安静的山脉，包括中队的狗们都很少叫上几声，那里的一切都可以用安静来形容，包括看电视时，大家都是安安静静地听着。

每一次休假，卜晨光都要特意到北京住上几天，他想知道外面的世界到底变成了什么样子，他要在有限的假期内体验一番城市生活。

但是城市变得眼花缭乱。五光十色的视觉冲击让他恍如隔世，而且城市的节奏让他明显感觉到了不适。有一天，卜晨光问大姐，北京哪个地方人最多，大姐毫不犹豫地告诉他北京火车站。大姐不知道弟弟问这个问题的目的是什么，但是她觉得有些怪怪的。结果一整天，她没有看到卜晨光。

卜晨光在哪里呢？他听过大姐的话后，坐地铁去了北京站。那个时候正是北京站春运的开始，卜晨光坐在离进出站口不远的一个地方。他看到北京站的广场上，攒动的人头几乎是挤在了一起，二十几条长龙一样的队伍像是自行车上的链条向进站口转动着。他不知道那些人将要奔向哪里，那些人群一点点在他的眼里蠕动着，像是森林里从叶片上掉到地面上的虫子。后来，他发现那些进站的人群因为前面安检的阻碍，都是慢慢悠悠，拖拖拉拉，就好像是一个表演口吞钢条的魔术师嘴里的钢条，吞了一口还有一口，吞也吞不完。而出站口则完全是另一番景象，一拨接一拨的人群一会儿如潮水一样忽地向出站口通道涌来，而一旦出了出站口到了广场上，又像是各自捕食的蚂蚁，一下子散向了四面八方。

人群不停地涌动着，面对让他惊异和不可想象的人群，最开始卜晨光还在极力地思索这些人到底从哪里来，又要到哪里去，可想着想着，他的眼前什么也不存在了。他的思绪又回到了奇乾，他好像进入了一个真空的世界，嘈杂和喧嚣与他没有了任何关系，这个世界只剩下了他自己。

整整一下午的时间，卜晨光都在北京站的广场上让思维飘荡。他想让思维找个家，找个落脚之处，可是无法控制，总要情不自禁地想起原始森林里的中队。处在这样的纷杂中，他有些不敢相信奇乾曾真实地存在于他的生活里，而用不了一个月，他还要重新回归那种生活。

北京车站广场的灯光亮起来了，周围一座座大楼上的霓虹灯光也闪烁起来，北京站变得与白天又截然不同。卜晨光还坐在那里看，这时，大姐的电话打来了。一直找不到他的大姐有些着急，不知道又是一年多没见的弟弟刚刚到家又跑到了哪里。卜晨光在电话中告诉大姐，他在北京站。大姐问是接战友么，他告诉大姐他在看人。大姐的声音变大了，有点带着哭音，晨光你当兵真是当傻了？满北京哪里不是人，你干吗要去一个能挤死人的地方看热闹？大姐实在想不通，人多难道也是风景？

是的，人多的地方在卜晨光的眼睛里就是风景。他已经一两年没有见到这么多人了。除了中队那几十个战友之外，他确实很少看到外人。而中队里的战友大多数让他面对面地看了那么多年，以至于他觉得看不出什么新鲜劲了。拿他的话说，哪怕是天黑，看个背影也能知道是谁，哪个兵走路什么样，哪个人的脚型什么样，哪个人的家是哪个县哪个乡哪个村的，包括他爹叫啥，他全知道。就是呀，天天在一起，又没有电视去看，人和人离得那么近，就是一天唠一句，也都把秘密唠没了。

卜晨光对战士熟，熟到了夜里哪个人下地撒尿，他不用睁眼就知道是谁。太熟悉的生活让卜晨光的目光总在四处逡巡，然后变得深邃。

2013 年，筑路队进了森林之后，卜晨光没事了就要去工地上看一看。他和中队长打招呼，我要去筑路队。中队长点头同意。他理解这个满脑子想法的老兵。他到那里去不是消遣，而是看一看外面的世界有什么变化。毕竟那些人是从大山外面进来的。

有时卜晨光就在筑路队看，一看就是一天，不吱声，脑子里却有一架机器，转动得嗖嗖发声。这个文化不高的老兵，把一切都看在眼里，然后过滤到大脑之中。就像是他为中队修的那个大门，就是一次他在一个旅游景点看来的。只要一眼看上，再在脑袋里转上几圈，卜晨光能把一般的事搞定。

大姐说你快点回来吧，我们都在等你了。卜晨光说，我还没看够，再看看，明天就不去看了。

天有些冷了，卜晨光还要看一看北京的夜。都已经是黑夜了，怎么车站里还在源源不断地向外吐着泡泡。灯光下走过来的每一个人都像是一个气泡，走着走着就没有了。在这一天的时间里，卜晨光看到了各式各样的发型，有的头上剃着星星，有的染成了艳丽的红色，有的左半部分尺把长的头发盖在右边光光的头皮上，有的女人的寸头比中队战士的还要标准，也有的女人的头发像是中队菜地里的胡萝卜直直地插进了天空。他还看到了各式各样的服装和人群，可能为了节省布料做成的裙子穿在了冬季，还有拉着手亲密地走在一起的男人，有拿着铁盒向他暗示掏钱的乞丐，有主动问他是否需要发票的孕妇。北京车站像是一幅运动起来的清明上河图在他眼前展开就再也没有收起。

十点钟了，广场上的人终于见少。最主要的是他觉得身上有了凉气，每天这个时候，他早已经钻进了并不温暖的被窝，那个时候，他可能还蜷在被窝里回忆着每一次在北京逗留的时光。在这里来停留，难道仅是为了回到奇乾有一种回忆吗？

不是，绝对不是！卜晨光不喜欢这样的烦躁和纷杂，但他不想错过任何认识和了解社会的机会。因为他清清楚楚地知道，奇乾只会是他精神世界里永远的奇乾，而他终究有一天会告别那里。

卜晨光在每次休假的日子里，都要专门拿出几天的时间绕在舅舅身边。舅舅是新华社的记者，有着非常开阔的视野，也有着相当丰富的阅历，他的朋友圈子也都是眼观六路耳听八方的记者。每一次舅舅带着他参加这种聚会时，他都在努力张开耳朵里的每一个细胞，生怕落下一个声音一个环节。正是因为这样，卜晨光才没有觉得身处原始森林之中，自己有什么落伍。他只是在一种相对封闭的环境中更加客观地思考着人生与未来。

在卜晨光最为充盈的日子里，他曾不止一次地想要动笔写一部关于成长的小说。只是在没有完全成熟的情况下，他告诉自己再等一等。

卜晨光在 2014 年冬季来临的时候，终于等到了摘下警衔和警徽的时刻，虽然这一刻他早已在送走别人的情景中彩排过无数次，但当真的让他的额头失去他心中深爱的光辉时，泪水还是在脸上恣意地流淌。只是他的心不再脆弱，他觉得自己和奇乾只是一种物理上的离开。

卜晨光计划利用半年的时间，骑上自行车从河北一路向西，再向南，从青海到新疆再到西藏再到云南把中国好好地转上一圈。因为在十二年的军旅时光里，他知道，奇乾只是一个点，而未来的生活才是一个圆。他要绕着自己心中的圆心，为人生画出一个精彩的圆圈。

卜晨光也想用自己的行动告诉所有的战友，奇乾离社会并不远，而是你的目光能望到多远。

4. 老王和小柴是奇乾连接外面世界的桥

奇乾离莫尔道嘎太远，但是由于莫尔道嘎的老王和小柴的存在，让他们又觉得奇乾也还通着人间烟火。

老王是莫尔道嘎镇上的一个司机，有的新兵一直都没有见过他，但是却会和老兵一样信任老王。为了减少行车事故和节省开支，平时，没有重大事情和急事要事，奇乾中队的车是不下山的。需要什么物品，用电话告诉老王，攒够了一车，老王就给送到山上来。有时可能一个月，有时也可能三两个月。

老王对钱这事不是太计较。若是给边防连或是港务局送物品，也会给中队打电话问有没有要捎带的东西，这样的时候是不要车费的，是帮忙。

老王的电话战士们全有，因为他们不仅是让老王帮助购物，大多数兵的银行卡都在老王手里。每个月发了工资津贴，战士们给老王发短信，往哪个账号上转多少钱，从卡里取多少钱买什么物品。战士们就是这么信任老王。

事实证明老王确实是信得过的。十几年来，每个月他都在给官兵们义务转账和买东西，分文不差，更不怕麻烦。战士们也怕老王麻烦，所以大家的密码全都是一样的。老王记住了一个就全记住了。再有，凭老王的热情劲儿，实在劲儿，真诚劲儿，银行卡的密码已经失去了它的功效。老王是在哪一年开始为奇乾官兵做这些事情的已经无从查晓了，包括他自己也记不得了。总之，有第一个兵想出让老王帮忙转账的办法，然后一传两，两传三的，老王的名声就传出去了，最后形成了这样的现象。

奇乾的兵常年在森林里，他们似乎对钱失去了兴趣，有的人一年也不摸一回钱，因为有老王在帮他们花。他们也对社会上的许多人失去了防范，认为人与人之间就应该像与老王一样坦荡。

⊕ 传说中的老王和他的爱车

老王也确实挺不容易的，常年做着这

样一件受累又操心的事。几十张卡在他手里一揣，遇上开工资的时候，那些卡里一下子会存入十来万，然后让他再一笔一笔地往外转，一年下来，也是不小的工作量。而且他还要记着账，给谁转了多少，给谁买东西花了多少。

莫尔道嘎毕竟只是一个边塞小镇，镇上没有几台刷卡机。要想代战士们购物，先是要从卡里取出钱再去买，取钱通常是整钱，购物却总要出现零头，老王却不厌其烦。

老王义务地替战士们服务这么多年，真的是可以参加道德模范评比去了。他是诚实守信的一个标杆。

平时，一见到老王那台旧车驶进奇乾中队的院里，战士们便会迅速围拢过来，他能够感受到自己受欢迎的程度。所以，他也喜欢往山上跑车。能给守在山里的战士们做点事，他打心眼里愿意。

实际上，老王的存在就是让战士们获知山外消息的一个渠道，但又恰恰是老王的存在，让山上的战士们少了下山去感受社会的机会。

没事。奇乾中队还有另外一个编外人员——小柴。

小柴是莫尔道嘎电信公司的员工。在公司里，小柴的任务是负责奇乾方向的电信业务。奇乾中队是小柴最大的客户群。边防连队的兵没有奇乾多，另外他们是解放军，涉密多，使用手机的人少、次数少，业务量不大。森林部队主要是和生态打交道，没有枪，没有炮，人员编制也透明，没有什么秘密，使用手机的时候相对宽松些。奇乾乡么，说是叫作乡，二十多个老百姓还基本都是上了岁数的“老”老百姓，加一起也没几部手机，就是用手机的那几个人可能两天也不打一个电话。生在界河边，长在界河边，山外的人他们也不认识几个。这样一算，奇乾中队就是地地道道的大客户了。

⊕ 小柴你是要把信号关掉吗？

小柴和中队官兵的关系可以用真正的鱼水情来形容。如果小柴服务跟不上，官兵们往外就打不了电话。如果官兵们不用小柴的电话卡，公司就给小柴的工资缩水。真是有意思的事。

小柴每个月差不多能到中队住上三两天。不管设备有没有问题，小柴到那个时候就会来中队，说是检查设备。在中队他有自己的行李，有他的床铺，有他的碗筷。和战士们一起吃，一起住。小柴在中队吃饭不用交伙食费，每次他开车上山，车里都放着十来片挂网。晚上的时候，他把网撒到阿坝河去，早上一起网，鱼都交给炊事班。这种入伙方式也只有奇乾才会有。

早些年，电信公司在中队后面的高山上架了一个信号台，但是效果不太好。现在技术更新了，小柴把信号接收器就安在了中队院里。一是在中队院里修起来方便，再一个是这样做中队的信号会好一些。

有时，接收器会出现故障。中队就给小柴打电话，如果小柴一旦上不了山，战士们真是从心里盼。但通常小柴都会第一时间赶来。

中队里每一个战士的名字小柴都叫得上来，每年哪一个兵要退伍他也都了解得很详细。战士退伍的时候小柴都要出现在中队，他说是来把不用的电话号收回，实际上他更是想送一送他的这些客户们。

他的客户早就成了他的兄弟。

老王每次到山上就往回赶，一天只能跑一趟车，路不好走，又怕天黑。小柴每次来都要逗留几天，他喜欢和战士们面对面沟通。

老王和小柴，架起了奇乾和外界联系的桥。

5. 蹇江游觉得在奇乾可以一直这样快乐下去

奇乾所有的事让外面的人看起来都比较新鲜有趣。例如唱歌这事，全军所有的军营里面都有歌声。歌声也是战斗力，歌声有时也是消愁剂。

奇乾的官兵愿意唱，唱给森林听，唱给高山听，唱给阿坝河听，也唱给自己的心灵听。可是奇乾学歌却只有那么两招，一个是看光碟学，这种学法需要在有电的保障下才可进行。另一种方法是口头教，可是奇乾没有音乐超长的人才。中队有办法：选。

每年中队都要选出一个教歌员。教歌员要具备两点素质，一是要比别人唱得准一些，二是要愿意教。如果光是唱得准，却不好意思站出来教，那也等于不会。

蹇江游就是这样被推荐出来的。蹇江游刚当上教歌员时自己都觉得不好意思，不识谱，不会任何乐器。只是听过歌之后比别人能够学得快一些。中队让教就教么，自己要把自己当成音乐教师。

一到学歌的日子，蹇江游往队列前一站，大大方方地开始教歌。反正也没有外人来听，自己就是中队的音乐权威，教成

⊕ 蹇江游是个有些浪漫的人，连个井房他都要给弄个像样的标牌

啥样战士们就唱成啥样。要跑调大家就一起跑，只要统一就行。蹇江游对自己的要求不高，其实他这样理解也对。只要这大山里能飘荡出歌声，就说明他们和内地的部队没有区别。无非就是唱法单调了一些，会唱的歌少了一些，但表达的同样是心声。唱《军中绿花》时，城市的兵流泪，奇乾的兵也会流泪。内地部队老兵退伍唱《铁打的营盘流水的兵》，奇乾也是在唱这样的歌。没有区别。

这片大森林里，除了能够听到奇乾中队整齐响亮但并不太准的集体声音以外，也就是部队集合时的口号声了。这两种声音虽然落下去之后就会被林海的松涛声埋住，但在兵的内心里却是精神上的营养。

蹇江游攒了多少钱自己也不知道，反正在奇乾也花不出去。在这样感觉无奈的日子里没心没肺地唱唱歌也是快乐的事。如果在奇乾待习惯了便会发现奇乾的好，奇乾的美，奇乾的特别。

林克峰刚到奇乾的时候，心情也是落寞得很。可是不久，他发现只要喜爱了这里，中队的生活还是很诗意。中队像个大家，门前的进山路向东走不出五百米，还有一座小桥。阿坝河就在身后流过，成群的乌鸦整天在营区一角盘旋，嘎嘎的叫声总给人一种不祥之感，尤其是一个人走路时，突然一声乌鸦叫能让人浑身奓起一层鸡皮疙瘩。傍晚的时候，乌鸦也归巢，就在菜地的栅栏上，菜地旁的树上落成一片。中队还有一匹走路已经颤颤巍巍的老马。据说那是一匹曾经给中队做出巨大贡献的老马，上山巡林时有它，拉水运菜时有它。眼前所呈现的一切，让他有一种走进古诗的远古生活之感，小桥、流水、人家、古树、枯藤，还有成群的乌鸦，没有多少人经过的老路，瘦得不成样子的老马……

其实林克峰对奇乾也失望过，也有过断肠人在天涯之感，但是奇乾这片神奇的森林在潜移默化地改变着来到这里的兵们。

越是艰苦的生活给人们带来的思考越是深入，对人们的改变就越大。奇乾可以给这里的战士足够多的时间来思考生命的意义与价值，只是在看要用什么样的态度去面对。

2014年元旦之前，又一批新兵来到了奇乾，他们成了新一代的奇乾兵，成了这里新鲜的血液。

刘超有时很想家，每一次他想妈妈的时候打电话都要流眼泪，可是他始终要控制自己的情绪，他不想让妈妈知道他在哭。每当放下电话，他都会默默转身走进营区后面的树林，抱着白桦让眼泪尽情地流一会儿。哭过之后，他会觉得身上又多出了使不完的劲儿。

廖辉阳爱上这里的原因很简单，每次打火回来，车还没进院，只要司机按一按喇叭，那些狗们便会迅速地迎接出去，他会有一种是奇乾的主人的感觉。

康义爽的名字并不特殊，但是战士们给他起了一个"爽歪歪"的绰号。他喜欢这个名字，他觉得在家的时候没有兄弟姐妹，太过于孤单，而到了奇乾，所有的人全是他的朋友。尤其是中队长一喊他"爽歪歪"时，他会觉得好温暖好快乐。

……

奇乾注定会成为在这里待过的兵们心中永远也抹不去的记忆。虽然艰苦，但他们也是单纯而快乐的人。尽管很多是抱着走出家乡看一看世面的想法参军的，奇乾没有让他们看到繁华，却看到了人与人之间的真诚和互信，让他们拉开了一个距离重新审视曾经生活的社会。大千世界里的计较、阴谋、黑暗在这里没有，贪污、腐败、争斗等等在这里也没有，这里有的只是山、林、水、雪和可以相依为命的五六十个战友。

这里，水代酒，这里，木当香，这里把心贴在一起，友情便不再怕地老天荒。

这里，难道不是人间天堂？

中国
121
(1)
1993